당신에게

일시 정지를   권유합니다

당신에게

일시 정지를 권유합니다

내일, 내 일만을
숨 가쁘게
쫓지 않기를

김종관 에세이

혜화동

당신에게 일시 정지를
권유합니다

저의 경험과 생각을 책으로 낼 수 있겠다고 고려해 본 적은 없었습니다. 여행을 좋아하는 저에게 글을 써 보라고 가끔 농담 섞인 얘기를 해 주시는 걸 듣긴 했지만 으레 예의를 차리는 말들이었습니다. 다른 사람들처럼 인생이 바뀔 만한 대단한 여행을 하진 않았습니다. 그래서 제 생각과 생활을 책으로 만들어 보자는 제안에 당황했습니다. 가장 먼저, 나를 드러내는 게 불편했습니다. 스스로 한참 부족한 사람이라고 생각했기 때문입니다. 이렇게 간단한 머리글을 쓰기 위해서도 한동안 시간을 끌고 괜찮다며 나 자신을 다독여야 했습니다. 지금까지 용기 내어 마주하지 못한 나를 돌아보기 위해 노력했습니다.

18년 동안 한국에서 교육받은 저는 자신을 갉아먹으며 살았습니다. 눈앞에 보이는 목표만 바라보고 치열하게 지내 오며 느꼈던 건 저 자신이 정작 중요한 걸 채우지 못한 사람이었다는 것입니다. 막상 뭔가를 이루고 나면 행복해할 틈도 없이 밑 빠진 독을 채우듯 새로운 목표를 찾아냈습니다. 그 과정이 즐겁지 않았기에 항상 일탈을 꿈꿨습니다. 나를 돌아볼 시간은 없었고, 그래서 당연한 듯 진통을 겪었습니다. 잠깐 멈춰야 했습니다.

　많이 지쳤다면 잠시 쉬어 가도 괜찮습니다. 일상과 거리를 두고 나서야 저를 제대로 바라볼 수 있었습니다. 그제야 제 일상을 사랑할 수 있었습니다. 쉬는 동안 뭘 할지는 각자의 선택입니다. 꿈꿔 왔지만 잠시 접어 둬야 했던 음악을 할 수도, 새로운 언어를 배워 볼 수도, 타지에서 살아 볼 수도 있겠죠. 많은 선택지 중 저는 여행을 택했을 뿐입니다. 쉬어 가지 않아도 자신을 알고 행복한 일상을 즐기는 사람들이 부럽습니다. 저는 그렇지 못해 진통을 겪고 멈춰야 했으니까요.

　글을 쓰는 시간은 제가 얼마나 부족한 사람이었는지 다시 한 번 깨닫는 시간이었습니다. 창피했지만 그럼에도 작업을 계속했던 이유는 과정을 나누고 싶었기 때문입니다. 부족한 제가 일시 정지하며 조금씩 바뀌었던 과정을요. 물론 저는

갈 길이 한참 남았습니다. 아직도 쉬는 날이면 문득 정체 모
를 두려움에 또다시 새로운 계획을 생각할 때도 있습니다. 하
지만 옳다고 생각하는 길을 알게 됐으니 조금이나마 경계심
을 가질 수는 있겠죠. 당신은 분명 더 잘할 수 있을 거예요.

　저는 제 일, 제 일상을 사랑하는 이유를 셀 수도 없이 많이
말해 줄 수 있는 사람이고 싶습니다. 저의 시간에서 스스로
일시 정지 버튼을 누른 뒤 조금 바뀐, 새로운 제 바람입니다.
당신도 일시 정지가 필요한 순간에 부디 그럴 수 있기를 바
랍니다. 우리가 그래서, 다시 나아갈 수 있기를 바랍니다.

2020년 가을

김종관

1장

일시 정지 전

01

성실하지 않은
의사

나는 성실하지 않은 의사였다.

병원 생활은 역동과 희망이 가득한 의학 드라마가 아니었다. 무료한 일상, 해가 바뀌어도 되풀이되는 생활. 내게 병원은 그런 곳이었다. 전공의 시절 주당 120시간 넘게 근무했지만 이는 명시된 것이었을 뿐, 꽤 많은 동료가 시간을 넘겨 근무했다. 모든 환자를 파악하기 턱없이 부족했기 때문이다. 내 동료들은 책임감으로 성실하게 일했다. 같은 공간에서 생활했음에도 나는 더 이상 못 하겠다 툴툴대며 서둘러 병원을 나오곤 했다. 내가 갖췄어야 할 성실과 책임감의 미덕을 모를 때였다.

일과는 아침 6시 즈음 시작한다. 응급실에서 새롭게 입원한 환자가 있는지, 밤사이 응급 환자가 생기진 않았는지, 그리고 아침 일찍 급히 처리해야 할 일은 없는지 확인한다. 그러고는 차트를 한 명씩 간단히 확인하고 명단을 뽑은 후 회진을 돈다. 어디 내다 놓기도 창피한 부스스한 모습을 하고선,

"밤 동안 별일 없으셨어요?"

"오늘 통증은 좀 나아졌나요?"

"숨 쉬는 건 어때요?"

따위의 간단한 질문을 하고 환자의 상태를 급히 파악한다. 이후 오늘 해야 할 검사, 앞으로의 치료 계획 등을 생각해 두고 곧 있을 교수님의 아침 회진을 준비한다. 교수님이 도착해 컴퓨터 앞에 앉으면 환자 상태에 대한 간단한 프레젠테이션을 하고 치료 계획 등을 상의한다.

"A 환자는 타원에서 췌장염으로 치료받던 중 췌장 머리에 2cm 크기의 덩어리가 관찰되어 검사 위해 입원했습니다. CT, MRI 시행했고, 오늘 조직 검사 예정입니다."

"그래, 오늘 조직 검사 진행해."

이런 식으로 앞으로의 진단 계획을 세우거나,

"B 환자, 오늘 상태 어때?"

"열은 다 떨어졌고, 염증 수치 호전 중이며 통증도 거의

없습니다. 퇴원 준비하겠습니다."

이렇게 환자의 상태를 보고하고 앞으로의 치료 계획을 세운다.

엄격한 교수님 파트에 배정되기라도 하면 이 시간이 아주 고역이었다. 환자의 세세한 정보를 정확하게 기억해 내고 갑작스레 튀어나오는 질문에 즉각 대답해야 했다.

"그래서 A 환자는 다른 병원에서 스테로이드 투약을 얼마나 했어?"

"…"

"최근 혈액 검사에서 종양 수치는 얼마나 돼?"

"…"

제대로 파악하지 못한 질문이 연이어 나오면 분위기가 싸해진다. 잠깐 공포스러운 침묵의 시간이 흐르고 이내 병동이 떠나갈 듯한 고성이 들려오곤 했다. 분위기에 눌려 말을 더듬거나 머리가 하얘지는 경우도 많았다. 때문에 아예 회진용 프레젠테이션 대본을 만들어 교수님이 오면 줄줄 읽는 경우도 있었다. 이 시기에 몇몇 동료는 불면증과 반복적인 위통을 호소하곤 했다. 테이블 미팅을 마친 후 교수님을 모시고 아침에 봤던 내 환자들의 회진을 다시 한 번 돈다. 환자들이 교수님께 내가 아침에 보고한 그대로 말해 주기를 바라며.

그러나.

"통증이 어제보다 더 심해졌어요. 아파 죽겠는데 저 선생님이 아무것도 안 해 줬어요."

대체 어떤 녀석이 아픈 환자에게 아무것도 안 해 준다는 말인가. 저 선생님이 누구인지 색출하려 뒤를 돌아보지만 아무도 없다. 저 선생님은 나를 가리키는 단어임이 틀림없다. 밤새 괜찮다고 했잖아요. 도대체 나한테 왜 그래요…. 억울한 눈빛을 날려 보지만 소용없다. 이미 분위기는 다시 한 번 싸해졌다. 그럴 때면 나는 뒤에서 교수님의 차가운 눈초리를 받고 삐질삐질 땀을 흘렸다. 물론 내가 바쁘다는 핑계로 환자들의 말을 끝까지 안 듣고 나와서 이런 일이 생겼겠지만.

회진이 끝나고 나면 오늘 투여할 약제를 변경하거나 새로운 검사를 처방한다. 가끔은 검사실에 전화해 급히 스케줄을 잡아 달라며 사정하기도 한다. 검사가 빨리 안 잡히면 교수님께 너는 뭐 하는 놈이냐며 또 한 소리 들을 상황이다.

"정말 급해서 그런데, 이 환자 MRI 검사 좀 빠른 날짜로 넣어 줄 순 없나요?"

"저희도 빨리 해 드리고 싶은데 정말 빈 시간이 없어요."

"제발 부탁드릴게요. 환자가 급하게 시술을 해야 하는데…."

"에휴… 일단 좀 기다려 보세요. 메모해 놓고 취소되는 환자 있으면 넣어 드릴게요."

"꼭 좀 부탁드립니다. 저 쫓겨날지도 몰라요."

주먹구구식으로 급한 일을 끝내고 평균 30명 전후 환자들의 상태를 전자 차트에 기록, 다음 날 환자의 식사, 검사, 약물 처방을 한다. 그러다 보면 시간은 훌쩍 흘러 새로운 환자가 병동으로 찾아오고 입원 수속을 진행한다. 그들의 차트를 작성하고 처방을 마치면 정규 일과는 끝난다. 그 와중에 응급 상황이라도 생기면 경험이 부족한 나는 가슴이 두근거린다. 내 파트에 배정된 상급 연차가 있다면 도움을 받을 수 있었지만, 도와줄 사람이 없다면 지나가는 이라도 붙잡고 SOS를 날려야 했다. 오죽하면 아무 상관 없는 중환자실 주치의 선생님께 전화해 도움을 요청한 일도 있었다.

"선생님, 혹시 통화 가능하세요? 바쁘신 와중에 정말 죄송합니다."

"잘 아네. 지금 바빠요. 죄송하면 이만 끊을게요."

"잠깐만요! 그게 아니라… 환자 소변량이 줄고 산소 요구량이 빠르게 늘어나는데 파악이 잘 안 돼서 전화드렸어요."

"응? ICU(중환자실) 자리 만들어 달라고 이쪽으로 전화한 거예요?"

"말기 암 환자라 중환자실 계획은 없는데, 배정된 치프 선생님은 없고… 환자 파악은 너무 어렵고… 물어볼 데가 없어서 선생님께 연락드려 봅니다. 죄송합니다."

"휴… 더 말해 봐요."

아는 것도 없으면서 뻔뻔하게 아무나 붙잡고 질문은 잘했다. 그때 나는 입만 열면 죄송했다.

정규 시간까지 무사히 기존 환자들의 처방이 마무리되면 그나마 다행이다. 그렇지 못했다면 오늘도 정시 퇴근은 어렵겠다며 한숨을 쉬곤 했다.

정규 일과를 끝냈다고 한들 내가 환자에 대해 잘 알고 있는 것은 아니다. 내 환자 선부를 충분히 파악하기에 한참 모자란 시간이다. 게다가 정규 근무 시간에 이어 시작되는 야간 당직은 하루 걸러 한 번씩 찾아왔다. 일요일, 공휴일, 명절 등 쉬는 날은 따로 없었다. 휴가 외 모든 날 출근했다. 휴일이라고 내 환자들이 병원에 없는 것은 아니었기 때문에 나도 항상 병원에 있었다.

02

나 같은
톱니바퀴 따위,

나는 항상 마음속에 다른 세계로의 동경을 품고 살았다. 답답한 병원을 떠나고 싶었다.

현대에 들어서며 의료 서비스의 표준화가 빠르게 진행되었다. 증상에서 진단에 이르기까지 플로우 차트가 정리되었고, 질병에 따른 치료 가이드라인이 명확하게 만들어졌다. 특히 우리나라처럼 의료 보험 체계가 잘 정립된 곳이라면 이론적으로는 어디서든 일정 수준 이상의 치료를 받을 수 있다. 이를테면 폐암을 진단받았을 경우, 어느 지역이든 동일한 표준 약제를 이용하여 항암 치료를 받을 수 있다. 하지만 표준화가 이뤄질수록 개개인 의사가 주체적으로 할 수 있는 일은 한정된다. 내가 해야 할 일이 이미 정해져 있기 때문이다.

최근에는 "내가 이 환자를 살렸다!"라는 다소 낯뜨거운 말을 하기 어렵다. 환자의 호전은 의사 혼자 이뤄 낸 일이 아니다. 여태껏 많은 사람의 노력과 희생으로 쌓여 온 의학의 발전이며, 잘 정리된 의료 시스템, 그리고 각 분야에서 최선을 다하는 팀이 이뤄 낸 결과이다.

반면, 내 의견이 반영될 기회가 많지 않기 때문에 일을 하며 큰 보람을 느끼기는 어려웠다. 더군다나 수련 중이었던 나는 상급자의 지시만 받고 일할 때가 많았다. 이렇게 큰 대형 병원에서 나 같은 톱니 바퀴 따위, 대체 가능한 의사는 얼마든지 많다는 사실도 잘 알고 있었다.

병원 생활이 답답했다. 무언가에 억눌려 있었다. 특별할 일 없는 무료한 일상을 보낸다고 느끼기 일쑤였다. 지금 생각해 보면 현재에 만족하지 못했을 뿐인데 말이다. 그래서인지 휴가를 내면 항상 어디론가 떠나곤 했다. '병원만 아니면 어디든 괜찮겠지'라고 생각하며.

일상이 되었다는 이유만으로 의사로 일할 수 있는 행복은 잃어버린 지 오래였다. 새로울 것 없는 나날이 싫다며, 여느 직장인처럼 얼마 되지 않는 휴가만 기다리며 지도를 펼쳐 놓고 계획을 세웠다. 한기가 몰아치는 극지로, 열사의 사막으로 떠나고 싶었다. 직업의식, 성실함, 사명감 따위의 가치가 들어올 마음속 공간은 없었다. 겉멋이 들어서인지 다른 사람들이 쉽게 가지 못한 곳에서 내가 더 특별해진 듯한 기분을 느꼈다. 쓸데없이 가슴이 벅찼다. 그래서 힘이 들어도 조금 더 외딴곳, 아직 발길이 많이 닿지 않은 곳들을 찾았다. 동기들은 "이번 휴가엔 또 어디로 나가?"라고 별생각 없이 말을 걸었다가 원치 않게도 자랑 섞인 내 여행 얘기를 한참 들어야만 했다.

"이번엔 짐바브웨를 갈 계획인데 말이지. 세계 3대 폭포 중 하나라는 빅토리아 폭포도 있고, 시바 여왕의 궁전이었다는 유적도 있고… 이것 좀 봐 봐. 사진도 보여 줄게."

"시바? 그래, 시바 괜히 물어봤네."

친구는 별로 궁금하지도 않은 얘기를 들어 주느라 괴로워했다. 부끄럽게도 그땐 내 여행을 과시하고 싶었다. 동시에 보통날에 지쳐 떠나고 싶은 간절한 마음이기도 했다.

03

포기할 것,
포기할 수 없는 것

병원 생활은 내 부족함을 깨닫는 시간이었다.

전공의 생활을 시작한 지 얼마 지나지 않아 나는 피할 수
없는 죽음을 꽤 보게 되었다. 돌이켜 보면 가장 먼저 떠오르
는 여자 환자가 있다. 이유는 순전히 그녀가 나와 같은 나이
였기 때문이다.

동갑이었던 환자에게 감정의 동요를 느꼈던 나는 보호자
의 얘기를 귀 기울여 듣곤 했다. 딸을 극진히 간호하던 어머
니는 나를 붙잡고 환자의 사정을 한참 하소연했고, 병실 앞
에서 이 얘기를 들어 주는 일이 어느새 일과 중 한 부분이 되
었다. 기구하다는 말로도 표현할 수 없는 사연. 나는 어떤 위
로의 말도 하지 못하고 그저 들을 수밖에 없었다.

홀어머니와 어린 동생들이 같이 지내던 환자의 가정은 형편이 넉넉치 못했다. 시간이 지나도 사정은 나아지지 않았고 환자는 학원 선생님으로 일하며 가정의 모든 경제 부담을 홀로 등에 지고 생활했다. 본인이 하고 싶은 일은 참았다. 연애나 결혼은 사치라며, 항상 자신을 희생하고 가족들에게 헌신했다고 한다. 어머니는 그런 딸에게 늘 미안했다.

"시간이 지나면 딸이 원하는 걸 마음껏 할 수 있는 날이 올 거라 생각했어요. 가족들 생각은 그만해라 말해 주고 싶었어요. 그렇게 해 줄 능력이 없는 제가 원망스러웠어요. 그래도 우리 가족은 언젠가 좋은 시간이 온다고 하면서 기다렸어요."

힘들게 지내던 어느 날 환자는 심한 복통을 호소했다. 별일 아니라며 일을 계속했고, 도저히 참지 못할 지경이 되어서야 병원을 찾았다. 그리고 대장암을 진단받았다. 그것도 이미 전이를 동반한 말기 상태의. 갑작스럽게 시한부 인생을 선고받았지만 환자는 가족들에게 사실을 알리지 않았다. 고통을 혼자 감내하려 했다. 하지만 증상 완화 목적의 대장 절제술을 시행하고 항암 치료를 시작하게 되자 결국 가족들도 이 사실을 알게 되었다.

"하늘이 무너지는 것 같았어요."

어머니는 당시의 느낌을 이렇게 표현했다. 간절한 마음으로 고식적 항암 치료를 시행했지만 대장암은 차도를 보이지 않았고 계속 악화됐다. 가족 내 유일한 수입원이던 딸이 일을 그만두자 가세는 더욱 기울어 갔다. 급기야 딸의 치료비를 대기 위해 사채를 끌어다 쓰기에 이르렀다. 어머니의 하늘은 정말 무너져 갔다.

시간이 지나자 소장으로 전이된 종양이 커져 장폐색이 발생했다. 입으로 먹는 음식은 종양에 막힌 장관을 통과하지 못하고 구토를 유발했다. 정체된 음식물과 가스를 제거하기 위해 코를 통해 비위관을 삽입했다.

내가 환자를 처음 만난 건 이 시기였다. 우리는 장루 수술을 권유했다. 소장을 잘라 내어 복벽에 고정시키고 이곳으로 배변이 이루어지게 하는 수술이다. 암은 치료하기 어려운 상태였지만 환자가 호소하는 폐색 증상의 호전을 기대해 볼 수 있었다. 수술 권유에 환자가 답했다.

"지쳤어요. 이제 힘든 건 안 할래요."

별 차도 없이 계속되는 치료에 환자가 많이 지쳐 있었다. 결국 장루 수술은 포기했다. 입으로 음식을 섭취할 수 없었기 때문에 완전 비경구 영양법으로 수액만 유지하기로 했다. 그녀는 고도 영양 불량으로 점점 야위어 갔다. 경험이 많지 않았던 나도 한 가지는 분명히 알 수 있었다. 환자의 임종이 얼마 남지 않았음을.

어느 날, 하루하루 근근이 버티던 환자가 고열과 복통을 호소했다. 당시 경험이 없던 나는 불안한 마음에 일단 CT를 찍었다. 내가 놓치고 있는 무언가를 CT가 알려 주겠지. 검사를 시행하기 전 예상되는 문제와 치료를 먼저 생각해 뒀어야 했지만 당시 내게는 그럴 능력이 없었다. 내가 부족했다. 항상 자상한 모습만을 보여 주던 교수님은 다음 날 내가 시행한 CT를 보고 차갑게 한마디 하셨다.

"그래서, 뭘 더 해 줄 수 있었는데?"

정말 그랬다. 암은 더 이상 손쓸 수 없었다. 환자는 이미 임종 과정에 있었다. CT를 찍는다고 해서 새롭게 얻을 정보가 없었을 뿐 아니라 환자에게 도움이 될 만한 이후 조치도 없었다. 아니, 조치가 있었다고 한들 임종 과정에 있는 환자를 구하지 못했을 것이다. 나는 환자를 더 지치게 만들었다. CT를 찍는다며 조영제 투여를 위해 주사를 찔렀다. 검사를 위해 가누기도 힘든 몸을 쉴 새 없이 움직이게 했다.

의학적이지도, 그렇다고 윤리적이지도 않은 내 죄책감의 표현이었다. 절박했던 환자와 보호자에게 내가 환자를 위해 이만큼이나 노력하고 있다는 액션을 취하고 싶었는지도 모른다. 전공의 생활을 시작하고 주치의로서 벌써 몇 달을 보냈지만 여전히 나는 환자를 도울 준비가 되어 있지 않았다. 그때는 환자에게 항상 무엇인가 해 줘야 한다고 믿었다. 어설프게라도 알고 있는 지식을 총동원해서. 그것이 환자가 원하는 바인지는 중요하지 않았다.

심한 통증을 호소하던 환자는 차도가 없는데도 계속되는 검사와 시술에 지쳤다. 그리고 옆에서 슬퍼하는 어머니를 보며 괴로워했다. 어머니도 하루하루 상태가 악화되는 환자를 보며 무너져 갔다.

"할 수만 있다면 우리 딸 대신 내가 죽고 싶어요. 내가 죽어야 하는데…."

그러나 어머니는 환자 옆에 설 때만큼은 금세 마음을 다잡았다. 따뜻한 미소를 잊지 않으려 애썼다. 힘들어하는 모습을 환자에게 보이지 않으려 노력했다. 본인의 가슴이 찢어지면서도 어머니는 애써 웃으며 딸의 머리를 가지런히 빗겨 주었다. 환자는 그런 어머니를 보며 옅은 미소를 지었다. 그 모습은 참 슬퍼 보였다.

어머니를 보고 나는 반성했다. 그녀는 임종을 앞둔 딸을 위해 뭘 해야 할지 진심으로 고민하고 행동했다. 반면 도움을 주려던 의도와 다르게 나는 오히려 환자를 힘들게 만들었다. 그저 내가 의사이기 때문에 해야 할 의료 행위를 했을 뿐, 환자를 돕기 위해 어떻게 해야 할지 진심으로 고민하지 않았다. 나는 해야 할 일을 잘못 생각하고 있었다. 아니, 진지하게 생각해 본 적도 없었다.

내가 해 줄 수 있는 일을 다시 생각해야 했다. 내 어설픈 지식은 넣어 두었다. 환자가 원하는 게 무엇일까 먼저 고민했다. 검사와 치료를 강요하지 않기로 했다. 얼마 남지 않은 환자의 삶을 붙잡으려 애쓰지 않기로 했다.

이제는 환자가 포기해야 할 것, 그럼에도 불구하고 포기할 수 없는 것을 명확히 구분해야 했다. 남은 생을 연장하려 했던 노력을 가장 먼저 포기했다. 지금까지 암과 싸웠던 그녀는 지기만 했다. 투병 기간 동안 환자에게 시행했던 많은 검사, 항암 치료는 효과가 없었고 오히려 환자를 지치게 만들었다. 이 과정에서 그녀가 소중하게 여겼던 것은 한 번도 존중받지 못했다. 의료진에게는 고려의 대상이 아니었다.

포기할 수 없는 일은 환자가 삶의 여정을 정리할 시간이다. 포기해야 할 것에 비해 보잘것없게 느껴질 수 있지만 그녀가 애타게 원하던 시간이었다. 편하게 누워 쉴 수 있는 시간, 생각을 정리하고 가족과 대화할 시간이 필요했다. 앞으로 채혈을 포함한 모든 검사는 시행하지 않기로 결정했다.

음식 섭취를 할 수 없던 환자에게 꼭 필요한 비경구 영양제, 통증 조절을 위한 마약성 진통제, 항생제가 치료의 전부였다.

이후 그녀는 엑스레이를 찍는다고 아침부터 여기저기 끌려다니지 않았고 불필요한 채혈 바늘에 고통스러워하지 않았다. 다른 사람이 볼 땐 고통 가득한 삶이었을지 몰라도 마지막 순간, 그녀는 본인의 삶에서 의미를 찾으려 노력했다.

그리고 가족들이 지켜보는 가운데, 2013년 광복절에 사망했다.

내 기억에 가장 크고 슬픈 울음소리가 들렸다.

04

어려운 말을
어렵다고 하지 못한다면

🪶

죽음을 앞두고 연명 치료 여부를 결정하는 환자 앞에서도
나는 여전히 부끄러운 모습이었다.

"죽으려면 혼자 죽으란 말이야!"

"더 살고 싶다고! 네가 뭔데 나더러 죽으라는 거야?"

고개를 푹 숙이고 무미건조하게 쌓인 일을 처리하던 어느
날, 병동이 떠나갈 듯한 고함이 들려왔다. 소동을 부리는 사
람이 내 담당 환자가 아니길 간절히 바라며 고개를 들었다.
눈에 펼쳐친 광경은 나를 질겁하게 만들었다. 내 환자와 그
의 아내가 서로 멱살을 잡고 싸우는 중이었다.

이 환자는 말기 폐암으로 투병 중이었다. 항암 치료에 반
응하지 않은 폐암은 림프관성 전이까지 동반되어 심한 폐 기

능 저하를 초래했다. 환자는 인위적인 산소 공급 없이 한 발 자국 움직이기 힘들 정도로 심한 호흡 곤란을 호소했다. 산 소마스크를 하고 있어 걷는 것은 물론 일어나는 것조차 어려 워했던 환자였다. 그런 그가 아내와 소리를 지르며 다투고 있었다.

　몇 시간 전, 나는 환자와 아내에게 그동안의 경과와 예상 되는 불량한 예후를 설명했다. 그리고 앞으로의 치료 방향을 상의했다. 암은 빠른 속도로 악화되어 폐 기능이 점차 감소 하는 중이었다. 곧 본인의 호흡만으로 생명을 유지하기 어려 울 때가 올 것이었다. 중환자실에서 기도 삽관 후 기계 호흡 을 통해 인위적으로 호흡을 유지해 줄 수는 있었다. 하지만 고비를 넘긴다 하더라도 암은 계속 악화될 것이기에 큰 의 미를 두기 어려웠다. 말 그대로 연명 치료. 기도 깊게 들어간 관, 그리고 기계 호흡에 수반되는 고통을 받으며 결국 의식 을 잃은 채로 삶의 마지막을 보낼 가능성이 크다. 앞으로의 치료 방향이란 결국 기계 호흡, 심폐 소생술 등을 포함한 연 명 치료 시행 여부를 의미했다.

　이런 상황에서 의료진은 연명 치료를 받지 않도록 추천한 다. 이길 가능성 없는 싸움을 계속하는 것보다 편안하게 삶 을 정리할 시간이 필요하기 때문이다. 환자, 그리고 투병 과정을 옆에서 오랫동안 지켜본 보호자는 대개 이 생각에 동의한다. 그러나 내게는 표면에 드러난 이유 외에도 개인적인 이유가 더 있었다. 연명 치료 거부가 생명에 대한 내 무거운 책임감을 조금은 덜어 주었기 때문이다.

생사가 오가는 순간에서 내가 올바른 치료를 하고 있는지, 혹시 실수는 없는지 늘 생각해야 했다. 항상 긴장하고 집중하는 데서 오는 피로감이 상당했다. 그러다 보면 다른 환자들에게 소홀해지고 있어서는 안 될 실수도 한다. 뿐만 아니라 환자를 살리지 못했을 경우 혹시나 모를 법적 책임을 생각하지 않을 수 없다. 사람의 생명을 다루는 데 있어 이런 개인적인 이유가 개입하다니, 지금 생각해 보면 창피하지만 그때는 그랬다. 내가 의사로서 한참 부족할 때였다.

당시 나는 환자, 보호자와의 긴 면담이 부담스러웠다. 의사로서 경험과 지식이 많지 않았기 때문이다. 면담이 길어지면 나의 무지가 탄로 날 것 같았기에 세세한 질문은 얼버무려 대답하기 일쑤였다.

"얼마나 살 수 있을까요?"

"지금은 알 수 없어요."

"그래도 평균적으로 다른 환자들은 얼마나 사는지…."

"환자마다 다르기 때문에 치료를 해 봐야 알 수 있어요.

경과를 봐야 해요."

물론 환자들의 치료 성적은 천차만별이다. 다만 나는 환자
와의 깊이 있는 대화를 회피했을 뿐이다.

돌이켜 보면 이 환자에게도 이전부터 충분한 설명을 하지
못했을 것이다. 오전, 오후 짧은 회진 시간에 "오늘 숨 쉬는
건 어떠세요? 폐렴이 있어서 항생제 치료를 하고 있으니 조
금 기다려 봅시다" 하는 등 당장의 문제만 얘기했다. 폐암의
악화 경과에 대해, 앞으로의 치료 방향에 대해서 제대로 말
하지 않았다. 바쁜 일이 많다는 핑계를 대고. 그렇기에 대뜸
연명 치료 여부를 결정해 보자고 했던 내 말에 환자는 당혹
스러웠을 것이다.

현재는 연명 치료에 대한 사전 의향서를 가급적 의식 있는
환자가 직접 서명하도록 원칙이 생겼다. 하지만 당시에는
이런 논의와 절차가 명확하지 않았다. 대개 임종 상황이 다
가와서야 급박하게 보호자에게 심폐 소생술을 시행하지 않
겠다는 'DNR' 동의서*에 간단한 서명을 받고 절차를 마무리
했다.

---

* 'Do Not Resuscitate'의 약자. 호흡이 멈추고 심장이 정지하더라도 심
  폐 소생술을 시행하지 않겠다는 의사 표시.

환자와 아내가 상의할 시간을 달라고 한 후 얼마 지나지 않아 아내 홀로 병실 밖으로 나왔다. 그리고 중환자실 치료는 받지 않겠다는 말과 함께 'DNR' 동의서에 서명했다. 그날 오후, 환자와 아내가 쌍욕을 해 대며 싸우기 시작했다.

"네가 뭔데 나더러 죽으라는 거야?"

"이럴 거면 그냥 빨리 죽어! 남은 식구들은 살아야지. 혼자 죽으란 말이야."

상황을 들어 보니 동의서에 대한 합의가 이뤄지지 않은 상태에서 아내가 서명했다고 한다. 환자에게는 비밀로 하고. 고성으로 시작된 다툼은 계속됐다. 결국 환자는 동의서를 되돌려 달라더니 눈앞에서 찢어 버렸다. 일단 환자와 보호자를 떨어뜨리고 먼저 보호자와 대화를 나눴다.

"나도 이러고 싶지 않아요. 환자가 저렇게 말도 안 되는 고집을 부리는데 어떡해요. 내 직업이 간병인이에요. 말기 암 환자 중에 회복된 사람은 한 명도 못 봤어요. 연명 치료로 남편의 삶이 연장되고 암이 좋아질 수 있다면 빚을 내서라도 하겠어요. 하지만 그렇지 않잖아요. 딸과 함께 사는데, 형편이 어려워요. 지금까지의 치료비를 감당하기도 벅차요. 무의미한 연명 치료로 중환자실 비용까지 내야 한다면 우린 어떻게 살아요."

이어 환자와 대화를 이어 갔다.

"살고 싶어요. 나를 포기하지 마세요. 얼마 못 산다는 건 나도 이제 알겠으니 그만 말해요. 조금이라도 더 살고 싶어요. 아직 이렇게 갈 수 없으니 모든 치료를 해 주세요. 돈이 얼마가 드는지 상관없어요. 숨을 못 쉬면 인공호흡 치료도 해 주세요. 심장이 멈추면 심폐 소생술도 해 주세요. 치료를 안 해서 사망한다면 남은 친척들을 통해 법적 조치를 취할 거예요."

죽음을 앞두고 바닥 끝까지 떨어진 환자와 보호자를 마주하게 됐다. 감당하기 어려웠다. 눈앞에 쌓인 일도 처리하기 버거웠던 나는 해결해 보려는 노력은 감히 생각지도 못했다. 부끄럽게도 혹시 있을지 모르는 법적 책임을 피하기 위해 자기방어의 의무 기록을 남기기 바빴다.

"환자와 보호자에게 현재까지의 경과 및 불량한 예후를 충분히 설명함. 주보호자인 아내가 DNR 동의서에 서명하였으나 환자 본인의 거부 의사로 폐기함. 말기 폐암 상태로 연명 치료가 무의미함을 수차례 설명하였으나 환자와 보호자 간 합의가 이뤄지지 않는 상황임."

내가 취한 행동을 방어적으로 써넣었을 뿐, 이 사태를 해결하는 데 하등 도움이 되지 않는 기록이다. 내가 도울 수 있는 일이 없다고 느꼈다. 환자와 보호자는 며칠을 싸웠다.

　결론적으로, 복잡했던 이 문제는 비교적 허무하게 끝났다. 환자는 당장의 치료비가 부족하다며 일단 작은 규모의 병원으로 전원을 갔다. 결국 이 문제는 내 손을 떠났다 뿐이지 해결된 게 없었다. 마음은 무거웠지만 당장 내 앞에 감당하기 벅찰 정도로 쌓여 있는 일들을 보며 문젯거리가 하나 줄었다는 안도감이 들었다. 결론이 나지 않은 연명 치료 문제는 또다시 환자와 보호자를 괴롭힐 것이 분명했음에도. 부끄러웠다.

　나는 당시 환자가 선택한 길이 잘못됐다고 생각했다. 그리고 글을 쓰는 지금도 이 생각은 변함없다. 하지만 돌이켜 보면 환자가 이렇게 된 원인 중 하나는 나의 미숙함이었다. 치료는 중요한 문제가 아니었다. 환자는 누구보다 존중받으며 삶을 정리해야 할 시기를 보내는 중이었다. 나는 상태가 이 지경에 이를 때까지 한 번도 환자의 현실과 치료의 한계에 대해 말하지 않았다. 누구라도 입 밖에 내기 어려운 말을 '내가 아닌 누군가가 설명하겠지'라며 무책임하게 덮고 말았다. 그리고 갑작스레 연명 치료 여부를 결정하자고 통보했다. 이 상황에서 환자는 당연히 현명한 결정을 내리기 어려웠을 것이다.

나는 악화되기 전부터 천천히 환자가 죽음을 잘 받아들일 수 있도록 도와야 했다. 이 환자에게 해 줄 일은 폐렴 치료뿐 아니라 죽음을 준비하도록 돕는 것이었다. 나는 안내자가 되어야 했지만 그러지 못했다. 병에 대한 치료만 어설프게 알고 있었을 뿐, 괴로워하는 환자들의 마음은 내 일이 아니라고 생각했다.

환자들이 죽음을 앞두고 있을 때, 그들 앞에 있는 내 행동과 마음을 보며 깨달았다. 눈앞에 바로 보이는 일만 할 줄 알았지, 내가 해야 할 일이 무엇인지는 모르고 있었다. 상급자가 내게 정해 준 일이 지체되지 않도록 해냈을 뿐, 어떻게 행동해야 할지 고민조차 하지 않았다.

의사로서 능력을 따지기도 전, 시작부터 무언가 잘못돼 있었다. 나를 돌아볼 필요가 있었다.

05

미래를 위해
지금을 희생시킨 결과란

30여 년을 쉼 없이 살았다. 언제인지 기억이 안 날 만큼 오래전부터 미래의 나를 위해 지금의 나는 희생됐다. 타인에게 인정받는 훌륭한 사람이 될 수 있다면, 큰돈을 벌 수 있다면, 안정적인 직업을 가질 수 있다면 지금의 나는 참고 노력해야 했다. 미래를 위한 지금의 짧은 희생은 내가 배운 미덕이었다. 모두 그렇게 얘기했다. 지금 이 힘든 시기만 견디면 행복한 삶은 자연스레 찾아올 것처럼. 다 그렇게 사니까, 그래야하는 줄 알았다.

어릴 적에는 그리 크지 않은 시골에서 살았던 탓인지 집안 어르신들은 그다지 높지 않은 성적에도 칭찬을 해 주셨다. 그럴 때면 괜스레 으쓱해졌다. 그 뒤에는 항상 앞으로 더 노력해야 한다는 말이 따라 나왔고 나는 고개를 끄덕였다. 내가 어떤 사람이 되고 싶은지, 어떻게 살고 싶은지는 묻지 않으셨다. 하루는 학교에서 시행한 IQ 검사 결과지를 들고 집에 왔다.

"여보. 종관이 IQ 결과 봤어?"

"응, 공부는 좀 하는 거 같은데 좋은 머리는 아닌가 봐. IQ가 두 자리 수네."

"상처받으니까 애 앞에서 이 얘긴 꺼내지 말자."

감추려 했던 부모님께 죄송하지만 나는 분명히 이 상황을 기억한다. 이 대화가 맥락으로 기억할 수 있는 내 생애 가장 최초의 대화다. IQ 두 자리 수가 뭘 의미하는지는 몰랐지만 나는 26년 전부터 내 머리가 그다지 좋지 않음을 알고 있었다.

고등학교 진학 후에는 닥치는 대로 공부했다(이때 측정한 IQ도 두 자리였다. 같은 반에 나 말고도 IQ 두 자리 수인 친구가 두 명이나 더 있었고, 검사 결과가 나온 날 이후로 그 둘과 부쩍 사이가 좋아졌다). 이 시기를 잘 버텨서 좋은 학교에 입학하는 게 최대의 목표였다. 일단 좋은 성적을 받아야 했다. 하지만 딱 거기까지. 좋은 성적을 받아서 무엇을 해야 할지, 좋은 학교에 입학하면 무엇을 하고 싶은지 몰랐다. 알고자 하는 생각조차 없었다. 다른 사람들에게 도움을 줄 수 있는 의사가 되고 싶다고 말했지만 지금 생각해 보면 그럴듯한 합리화였을 뿐이다. 뭘 해야 하는지도 모르면서 좋은 학교에 입학하고 싶어 욕심을 냈다. 다들 그래야 한다고 했으니까. 지금 더 고생하면, 의대만 가면, 행복할 거라 말했고 나는 그 말을 그대로 받아들였다. 인정받고 싶었다.

뛰어난 머리는 아니었기에 좋은 결과를 내려면 다른 사람들보다 더 노력해야 했다. 그에 보답하듯 좋은 성적이 나오면 꽤 뿌듯했다. 원하는 바를 이뤘고 나는 만족했다. 그러나 성취감은 아주 잠깐이었다. 이 느낌을 즐길 새도 없이 조금만 더 노력해 보자며 다시 한 번 나를 앞으로 밀어냈다. 그 앞이 어딘지도 모르고선.

정말 운 좋게, 간신히 의대에 합격했다. 여전히 원하는 게 무엇인지는 몰랐다. 내 앞에 놓인 현실에 잘 적응했을 뿐이었다.

주변 사람들의 축하를 받으며 대학교에 입학했다. 부모님은 만족하셨고 어르신들은 효도를 했다며 칭찬해 주셨다. 이게 왜 효도인지 이해는 안 됐지만 나를 높게 평가해 주니 기분은 좋았다. 앞으로 다가올 좋은 날만 생각했다. 노력했고 보상받았으니까, 의대만 가면 다 해결된다고 했으니까.

실상은 그렇지 않다는 걸 깨닫는 데 그리 오랜 시간이 걸리지 않았다. 의대 생활은 만만치 않았다. 시험 기간이면 공부량을 감당하기 힘들어 대부분의 동기가 같이 모여 밤새웠다.

시험 기간 풍경은 대략 이렇다. 밤을 꼬박 새우고 아침까지 공부한 후 오전에 한두 과목 시험을 치른다. 그리고 잠깐 잠을 잔 후, 점심이 지날 즈음 학교로 나온다. 급하게 공부를 시작하고, 다시 밤새우고, 시험. 이렇게 3, 4주 정도 이어지는 시험 기간만 1년에 네 번이었다. 시험이 끝나고 정신 좀 차리려 하면 어느새 다음 시험이 돌아와 있다. 시간은 없는데 공부할 건 많아 기출 문제만 들춰 보고 시험장에 들어가기 일쑤였다.

공부에 얽매이는 게 싫다고 했지만 결국 생활은 시험과 성적을 중심으로 흘러갔다. 괜찮은 성적을 받았다. 그러자 또 욕심이 생겼다. 조금 더 노력해서 남들이 알아주는 서울 대형 병원에 가고 싶었다. 큰 병원에 가서 뭘 하고 싶은지는 생각하지 않았다. 그저 좋은 성적을 받아 인지도 높은 병원에 취직하는 것만이 목표였다. 그 욕심을 채우기 위해 다시 한 번 노력했다. 졸업하고 좋은 병원에 입사하면 지금 고생은 보답받을 수 있겠지, 이제는 정말 마지막 고생이야, 끝나면 편한 앞날이 다가오겠지, 생각했다. 그리고 결국 서울로, 꽤 인기 좋은 병원에 인턴으로 입사했다.

이제야 내 욕심이 충족되고 행복한 생활을 즐길… 수 있을까?

물론 아니었다. 서울 생활을 마저 즐기기도 전 또 다른 목표가 생겼다. 이제 인기 많은 전공을 택하고 싶었다. 새롭게 만든 목표를 이루기 위해 다시 아등바등 지냈다. 윗사람들의 좋은 평가를 받기 위해 눈치를 보고 가끔 아부도 했다.

불나방. 내 모습이 그랬다. 현재의 행복을 즐기며 살지 않았다. 저 멀리 신기루 같은 미래만 바라보며 쉴 새 없이 달려들었다. 미래의 나를 위해 지금의 나를 희생했다.

1년간의 인턴 생활도 금세 지나갔다. 전공의 시험을 치고 결과를 기다리던 어느 날이었다.

"야, 전공의 합격자 발표 확인하러 가자."

수술 방에서 대기 중이던 내게 동기 형이 말을 걸었다.

"시험도 못 보고 면접도 망해서 떨어질 거 같은데… 꼭 같이 가야 해요?"

"그러니까 같이 가야지, 인마. 너 떨어지는 거 좀 보게."

동기 형은 이미 다른 과에서 내정된 합격자였기에 별 부담이 없어 보였다. 탈의실에 있는 컴퓨터를 켜고 합격자 발표

페이지를 띄웠다. 컴퓨터가 얼마나 구식인지 창 하나 띄우는 데 1분은 넘게 걸린 것 같았다. 이름과 수험 번호를 입력하고 결과를 기다렸다. 그리고⋯.

난 생전 처음으로 내 눈을 의심했다. 합격! 아, 이게 말로만 듣던 '꿈인지 생시인지' 하는 그거구나. 기뻤다. 내가 합격할 정도의 능력이 없다는 걸 알았기에 더욱 기뻤다.

"일단 축하는 하는데⋯ 너 내과랑 진짜 안 어울리는 거 알긴 하냐?"

"형보단 어울리거든요."

"내과 선생님들 망신시키지 마라. 축하한다."

그리고 곧장 집으로 전화를 걸었다. 아버지는 합격 소식을 듣고 울컥하셨는지 말끝을 흐리며 우리 아들이 드디어 서울에서 번듯한 의사 생활을 하게 됐다며 좋아하셨다.

운 좋게 원하던 과를 전공으로 선택할 수 있었다. 미래만 바라보며 생긴 욕심은 채웠다. 하지만 기쁨은 잠깐이었다. 전공의 생활은 기대만큼 행복하지 않았다. 내가 어떤 사람인지, 내 일의 의미와 가치가 무엇인지 고민해 보지 않았다. 뚜렷한 목적이 없었고 삶의 방향도 없었으니 재미도 보람도 느끼기 힘들었다. 그래서 항상 병원 밖으로, 즐겁고 짜릿한 것을 쫓아다녔다. 좋은 의사가 되고 싶다는 바람은 결국 이루지 못했다.

　나를 다시 돌아봤다. 당장 눈앞의 목표만 이루면 행복할 거라며 참고 노력한다. 한고비 넘으면 다시 새로운 목표를 만들어 내고, 행복할 거라던 나는 또다시 희생된다. 정상인 줄 알고 가파른 언덕을 올랐더니 눈앞에 또 다른 정상이 보인다. 그리고 계속 반복. 그때마다 나는 어김없이 다른 사람들이 옳다고 말하는 길을 따라간다.

　결과는 내 전공의 생활에 여실히 드러났다. 내 일의 의미도 모르고 찾을 생각조차 하지 못한, 성공만 바라는 의사로. 내가 진정 좋아하는 게 무엇인지 생각해 보지 못한 사람으로.

06

내가 환자를
죽었다

에크모(ECMO). '체외막 산소화 장치'라는 긴 이름을 가진
기계다. 폐 기능이 저하되어 인공호흡기로도 몸 안의 산소
농도를 유지할 수 없을 때, 또는 산소화된 혈액을 전신으로
순환시켜 주는 심장이 제 역할을 하지 못할 때 쓰인다. 호흡
과 심장 박동 정지를 사망으로 생각한다면 죽음의 문턱에 있
는 환자를 붙잡아 두고 시간을 버는 기계라고 할 수 있다.

중환자실에서 근무할 때, 간질성 폐렴을 앓고 있는 30대
후반의 환자를 보게 됐다. 자가 호흡만으로는 혈중 산소를
유지할 수 없던 환자였다. 상태는 위태로웠지만 말기 암과
같은 질환은 없었기에 고비만 넘긴다면 회복을 기대할 수 있
었다. 의료진의 판단을 근거로 환자는 중환자실 치료를 받기

시작했다. 먼저 폐렴이 호전될 때까지 시간을 벌기 위해 기도 삽관 후 인공호흡기를 적용했다.

기계 호흡을 위해서는 새끼손가락 굵기의 인공 기관이 기도 깊은 곳에 위치해야 하는데, 이 과정이 매우 고통스럽다. 의식이 남아 있다면 환자는 고통에 몸부림치고 산소 공급은 제대로 이뤄지지 않는다. 따라서 진정제를 사용해 환자의 의식을 억제하는 과정이 필요하다. 다시는 깨어나지 못할 수 있는 불확실한 상황에서 환자는 깊은 잠에 든다.

환자 상태가 점차 악화되었다. 인공호흡기를 통한 산소 공급을 최대로 늘렸지만 체내 산소 포화도를 유지할 수 없었다. 조금이라도 인공호흡기의 효율을 높이기 위해 우리는 여러 가지 방법을 동원했다. 의식을 없애고 몸을 조금도 움직이지 못하도록 근이완제를 투여했으며 엎드린 자세로 체위를 변경했다.

그럼에도 불구하고 환자의 생명을 유지할 수 없었던 우리는 최후의 수단으로 에크모를 생각했다. 이제 환자의 폐 기능이 좋아질 거라는 기대는 할 수 없었다. 에크모를 사용하여 시간을 벌고 폐 이식을 해 줄 만한 뇌사자가 나타나길 기다렸다. 환자가 비교적 젊었기에 기능이 떨어진 폐를 제거하고 새로운 폐를 이식받는다면 소생 가능성이 있을 거라 판단했다. 우리는 할 수 있는 모든 치료를 동원했다. 항생제와 스테로이드 투약을 유지했고, 에크모를 사용하기 위해 출혈의 위험을 무릅쓰고 항응고제를 투여했다. 환자는 괴로웠겠지만 우리는 가치 있는 일이라 생각했다.

환자의 폐는 이미 제 기능을 잃었다. 산소화된 피는 이미 에크모를 통해 공급되고 있었기 때문에 기계 호흡은 의미가 없다고 판단, 환자를 괴롭게 하는 인공 기관은 제거했다. 기관 절개를 통해 최소한의 산소를 공급했다. 이제 환자를 깨우기 시작했다. 환자는 의식을 회복했다. 상태는 안정적이었고, 곧 화이트보드나 종이를 이용해 간단한 의사소통을 시작했다. 폐 이식 후의 회복 과정을 고려하여 에크모 기계를 연결한 채로 침상에서 일어나게 했다. 누워만 있던 환자는 침대 밖으로 나와 몇 발자국 걸으며 재활 치료까지 진행했다.

환자의 가족은 하루에 두 번, 30분씩 있는 면회 시간에 빠지지 않고 찾아왔다. 같이 힘을 내 보자며 환자와 의료진을 응원했다. 환자의 상태는 차도를 보였다. 곧 이식 가능한 폐가 생길지 모른다는 기대로 하루하루 시간이 지나갔다. 이제 모든 게 해결될 것 같았다. 뇌사자의 폐 이식은 누군가의 안타까운 죽음이 있어야 가능하다는 게 아이러니였지만.

하지만 시간이 흘러도 이식 가능한 폐는 나타나지 않았다.

뇌사자의 장기 이식이 드문 한국에서 확실치 않은 희망만 가지고 버티기 힘들어졌다. 시간이 지나며 에크모를 이용해 버티던 환자의 몸은 여기저기 문제가 생겼다. 패혈증이 발생했다. 환자의 의식도 다시 악화됐다. 고무된 표정으로 환자를 찾아와 희망을 말하던 가족들은 지쳐 버렸다. 폐 이식이 언제 가능할지 알 수 없었다. 악화된 상태에서 폐 이식을 한들 예후가 좋지 않을 가능성이 컸기 때문에 이대로 끌고 가는 건 무리가 있었다.

다시 한 번 결정해야 했다. 위험을 감수하고 계속 폐 이식을 기다려 볼지, 지금까지 해 왔던 치료를 중단하고 환자를 편하게 보내 드려야 할지.

오래 고민한 가족은 끝내 연명 치료 중단을 요구했다. 연명 치료에 대한 환자의 살아생전 의사인지, 중환자실 치료비가 부담스러웠던 가족의 의사인지는 더 묻지 않았다. 보호자들이 환자의 생각을 분명히 알고 있다고 판단했다. 의식이 있던 환자와 치료 과정에 대해 충분히 얘기했고, 이후 환자와 보호자는 의료진과도 오랜 시간 대화하며 현 상황에 대해 분명히 인식하고 있었다.

그들이 충분히 고민하여 내린 결정임을 알았기 때문에 이유를 캐묻는다 한들 가족에게 잔인한 일만 될 것 같았다. 결국 에크모 기계를 중단하기로 했다. 중환자실의 오전 면회 시간이 끝나고 다른 보호자들이 빠져나간 후 한적한 때에 가족을 따로 불러 환자에게 마지막 인사를 하도록 시간을 만들어 줬다.

그리고 잠깐 차트 정리를 마친 뒤, 가족이 떠난 환자의 곁으로 다가갔다. 어두운 중환자실 중에서도 비교적 햇빛이 잘 드는 창가 자리였다. 당시 환자의 의식은 반혼수(semicoma) 단계였다. 간신히 자극에 반응하는 정도. 내 말이 들렸을지는 모르겠지만 환자의 귓가에서 에크모를 종료하겠다고 나지막이 말했다. 그리고 내 손으로 직접 기계의 조작부를 돌려 환자의 생명을 유지하고 있던 에크모를 껐다.

몇 분 지나지 않아 산소 포화도가 떨어지고, 환자의 심장 역시 완전히 멈췄다.

내가 환자를 죽였다.

07

일시 정지
하다

감당하기 어려운 일이 연달아 생기면 부정적인 시너지가 따라온다. 생각을 명확히 하기 힘들다. 어디까지 버티고 감당해야 할 일인지 가늠하기 어렵다.

훌륭한 의사라면 자신만의 가치관과 경험이 쌓였을 테니 오히려 별일 아닌 듯 넘겼겠지. 나는 그런 사람이 되지 못했기에 번뇌했다. 내 잘못은 아니라고, 연명 치료 중단은 가족이 요청한 거라고 생각한들 위로가 되지 않았다. 다른 사람들에게는 병원에서 겪는 수많은 일 중 하나일 뿐일 텐데. 내가 환자의 생명을 붙잡고 있던 기계를 껐다는 사실만이 머릿속에 남아 나를 괴롭혔다. 지금까지 환자의 죽음을 보며 내 부끄러운 모습도 많이 겪어 온 탓도 있었다.

여태껏 많은 죽음을 대해서인지 감정의 동요 없이 거리를 두고 바라볼 수 있었다. 안타까운 일이지만 직업이 되고, 일상이 되니 죽음도 무덤덤하게 받아들였다. 하지만 이번에는 달랐다. 혼미했지만 완전히 꺼지지 않은 환자의 생명을 내 손으로 종료시킨 것 같았다. 내가 아닌 다른 의사를 만났다면 조금 더 오래 가족 곁에 머물렀을 환자들도 있을 거라 생각하니 마음이 아팠다.

동갑내기 환자의 죽음을 보면서, 연명 치료 여부를 두고 싸우는 환자와 아내를 보면서 다시 부끄러운 내 모습을 마주했다. 책임감은 없었고 진정으로 환자를 위해 주지 못했다. 남들이 으레 생각하듯 그저 치료하는 게 내 일이라며 어설픈 지식을 가지고 매너리즘에 빠져 일했다.

마음의 위안을 얻으려 '환자의 건강을 찾아 준 일은 얼마나 있었나'라고 애써 생각해 봐도 떠오르는 기억은 얼마 없었다. 돌이킬수록 악화를 거듭하다 안타깝게 떠난 사람들의 사연만 내 머릿속을 채웠다. 내가 실패했다고 생각했다. 지쳤다.

지금 열심히 살면 좋은 날이 올 거라며 지금의 나를 희생하고 다른 사람들이 옳다고 말하는 길을 따라왔다. 그 길의 끝에는 '성공'이 기다리고 있다는 희망을 가지고.

하지만 그 자리에 도착하면 또다시 스스로 착취시킬 목표가 보였다. 일을 내려놓고 쉬기라도 하면 영문도 모른 채 불안했다. 그 시간마저 생산적인 일을 해야 하지 않을까 생각하며 쫓겼다. 내가 어떤 사람이어야 할지 고민한 적 없고 좋아하는 게 무엇인지조차 모르고 방황하는, 겉모습은 그럴듯해 보여도 속을 들여다보면 비어 버린 내 모습만이 남았다. "20년 뒤 자신의 모습을 생각해 보세요"라는 선생님의 말씀을 듣고 상상했던 서른 살 나는 분명 이런 모습은 아니었다. 어린 날의 나에게 미안했다. 고작 이러려고 그 오랜 시간 고생하게 해서 말이다.

그제야 깨달았다. 현재의 나를 희생해도 미래의 나는 행복하지 않을 것을. 나를 갉아먹으며 가는 길에 성공은 없었다. 다르게 살고 싶었다. 나를 멈춰 줄 무언가가 필요했다. 나를 돌아볼 시간이 필요했다.

가장 먼저 삶의 태도를 바꿔야 했다. 다가오지 않은, 애써 노력한다고 오지도 않을 미래의 행복을 좇기보다 오늘 행복하고 싶었다. 미래를 위한 생산적인 일보다 그 자체로 만족할 수 있는 일을 하고 싶었다. 오랜 시간을 노예처럼 살아서인지 내가 몸담고 있는 일상의 공간에선 그런 일을 생각하기가 어려웠다. 좋아하는 일이 아니라, 할 수 있는 일들이 자꾸

떠올랐다. 월급, 짧은 휴가, 그리고 그 안에서 현실적으로 할
수 있는 일들만.

　그래서 잠깐 거리를 두기로 했다. 일상에서 벗어나 나를
바라보고 싶었다. 잠시 쉬어 가기로 했다.

　비로소 일시 정지 버튼을 눌렀다.

2장

일시 정지 중

01

당장 내가
행복할 일 하나

🦅

    일시 정지를 결정하니 생각이 맑아졌다. 부정의 감정은 잠시 고개를 숙였다. 쉬어 가기로 한 후 내가 좋아하는 일, 하고 싶은 일을 생각했다. 일시 정지한 시간을 어떻게 채울지 고민했다. 나는 뻔하게도 여행을 선택했다.

    첫 여행은 10년 전이었다. 나는 여행을 즐기는 사람은 아니었다. 고등학교를 졸업하고 의대 교육을 받으며 낯선 것에 대한 호기심은 사라진 지 오래였다. 졸업을 1년 앞둔 때였다. 이론 수업을 모두 마쳤다. 더 이상의 방학은 없었고 남은 건 긴 시험과 병원 실습뿐. 그러던 어느 나른한 주말 오후, 책상에 발을 올리고 건들거리며 인터넷을 뒤적거리던 중 우연히 이집트의 피라미드 사진을 보게 됐다. 부모님 손을 잡고 어린이 이집트 박람회에 다녀온 기억이 떠올라 씩 미소 지었다.

나는 호기심 많은 아이였다. 아직 풀리지 않은 미스터리, 상상력을 자극하는 미지의 세계를 좋아했다. 불가사의의 건축물 피라미드, 공중 도시 마추픽추, 그리고 태양계 바깥으로 떠나는 우주여행까지. 모두 내 눈을 초롱초롱하게 만든 것들이다. 하지만 시간이 지나며 반짝거리던 호기심은 있었는지도 모르게 사라져 버렸다. 그걸 안타까워하며 생각했다. 죽기 전 언젠가 피라미드 한 번은 내 눈으로 직접 봐야지. 그러다 문득 의문이 생겼다. 이러다 언제? 별 의미 없이 흘려보내던 생각을 붙잡았다. 달력을 봤다. 방학 없이 생활한 지 1년이 넘어가는데 마침 명절과 겹쳐 3주간의 휴식이 주어진 참이었다. 그래, 지금이다!

이집트 역사 기행을 다룬 교양서 한 권을 배낭에 넣고 여행을 시작했다(책은 너무 무겁다며 얼마 지나지 않아 휴지통에 버려졌다). 죽기 전 마지막으로 한 번 보러 왔다는 피라미드를(이때의 비장한 마음이 민망하게 9년 뒤 나는 다시 피라미드를 찾는다) 눈에 그리며 비행기에서 내렸다. 공항은 생각보다 깔끔했다. 하지만 공항 밖으로 나오자마자 나는 얼어 버렸다. 딴 세상이 펼쳐진 듯했다.

준비해 간 건 과하게 비장한 마음과 이집트 역사 교양서한 권, 딱 그 수준이었다. 갑자기 정한 첫 여행이라 어떤 것도 어설플 때였다. 모든 게 막막하던 이때 눈앞에 펼쳐진 광경도 충격적이었다. 정류장에 정차하지 않는 버스. 달리는 버스에서 뛰어내리거나 올라타는 승객들. 버스에 외계어처럼 휘갈겨 쓰여 있는 온갖 아랍 숫자. 그러나 내게 한 줄기 빛이 보였다. 내 또래로 보이는 동양인이 버스를 유심히 쳐다보고 있던 것이다. 놓치면 안 된다. 반드시 잡아야 한다. 달려가 그 동양인을 붙잡았다.

"캔 유 헬프 미?"

이렇게 일본에서 온 의대생이라는 이 친구와 동행을 시작했다. 엄밀히 말하면 동행은 아니었다. 내가 기생하다시피 따라다녔으니까. 이틀 동안 같이 다니며 아무것도 몰랐던 내게 아랍어 숫자 읽는 법, 버스 타는 방법 등을 알려 줬다. 가장 유용했던 건 현지에서 차에 안 치이고 길 건너는 방법이었다.

"유 아 베리 인텔리전트. 위 아 굿 프렌즈. 오케이?"

그에게 업혀 다니는 동안 나는 이 친구에게 뿌리 깊은 우정을 느꼈다. 물론 나만의 일방적인 감정이었을 테지만.

막막함이 조금씩 사라졌다. 여행의 재미를 알아갔다. 친구와 헤어진 후에는 중간중간 한국 여행객을 만났다.

"알렉산드리아 가려고 하는데 어떻게 가야 해요?"

"거기 가려면 기차는 없고 버스를 타야 할 거예요."

"버스는 어디서 타는 거예요?"

'그 정도는 네가 알아봐, 이 자식아'라는 말이 나올 법도 한데 나는 운 좋게 인내심 많은 사람들을 만났다. 내가 안쓰러워 보였는지 그들은 이미 다녀온 지역의 정보를 알려 주거나 가이드북을 찢어 나눠 줬다. 스마트폰을 사용하기 전이었으니 그 하나하나가 소중했다.

배낭여행이 처음이어서인지 내 눈은 항상 호기심으로 반짝였다. 히잡을 쓴 이집트 여인들, 턱수염 가득한 남자들이 걷는 거리의 풍경이 좋았다. 아침이면 모스크에서 시끄럽게 울려 대는 확성기 소리마저 좋았다. 거리를 걸으며 눈을 휘둥그레 뜨고 고개를 돌려 대는 모습은 누가 봐도 시골 촌놈이었다. 고운 모래가 끝없이 펼쳐져 있던 시와 사막에선 한국에 떠 있던 달이 이 먼 곳에서 똑같이 보인다며 신기해했다.

새로움이 좋았다. 그리고 낯선 곳, 익숙하지 않은 환경에 노출된 내 모습이 좋았다.

그 모습이 마음에 들어 얼마 되지 않아 인도, 아이슬란드를 연달아 다녀왔다. 인도에서 정체 모를 장염에 걸려 한 달

간 죽도록 아프기도 했고, 백야를 보러 떠났던 아이슬란드에
선 극야를 보게 됐지만 오히려 그 순간은 행복했다. 타지마
할의 웅장함보다 방황하며 무작정 걸었던 인도의 길거리가
기억에 남았다. 아이슬란드의 설원과 폭포보다 외딴곳에서
헤매던 때, 네 시간 거리의 수도까지 날 데려다준 화물 트럭
기사와의 여정을 마음에 새겼다.

가끔 공상에 빠졌다. 1년 동안 여행만 할 수 있다면 얼마
나 좋을까. 실크로드를 따라 중앙아시아로 가 볼까. 붉은 사
막을 보러 나미비아로 가 볼까. 남극에 가면 벼락 소리를 내
며 부서지는 빙산을 볼 수 있다던데…. 하지만 이뤄질 수 없
는 꿈이라고 생각했다. 살면서 이만큼 긴 시간을 쉴 수는 없
을 테니까.

일시 정지를 결정하고 가장 먼저 생각 난 건 그랬던 내 여
행들이었다. 여행을 좋아하지 않는 사람이 얼마나 있겠냐마
는 나는 정말 오랜만에 좋아하는 것을 알게 됐다. 아무도 나
를 알지 못하는 곳. 어떤 일이 생길지 모르는 곳. 그곳에서
목적지 없이 마냥 걷는 게 좋았다. 얽매이지 않는 자유로움
이 좋았다. 그러다 우연히 웅장한 풍경을 마주하거나 좋은 친
구들을 만나기라도 할 때, 살아 있어 다행이라고 생각했다.

어떻게 살아야 할지 아직 모르겠지만 하나는 깨달았다. 여

행할 때 행복했다는 걸. 앞으로 뭘 해야 할지 확신은 없었지만 당장 내가 행복할 일 하나는 깨달았으니 일단 그걸 하기로 했다.

더 늦기 전에. 아직 여행의 환희가 낯선 곳의 두려움보다 클 때.

02

내일, 내 일보다
앞세워야 할 것들

일시 정지의 시간을 쉼과 여행에 쓰기로 결정했으니 이제 가고 싶은 장소를 고를 시간이다. 마음먹은 곳은 어디든 갈 수 있다는 자유로움이 무척 좋았다. 처음으로 남미의 파타고니아 지방을 여행하며 느낀 강렬한 기억이 떠올랐다. 그 드넓은 자연 앞에서 비로소 내가 자유로운 존재임을 느꼈던 순간. 광활한 벌판, 에메랄드빛으로 반짝이는 호수, 청명한 하늘, 그리고 시원한 바람까지. 그곳을 다시 한 번 찾고 싶었다. 1년 전 파타고니아를 여행할 당시 만났던 친구들의 여유 있는 일정이 부러웠던 나는 긴 여행을 할 수만 있다면 남미를 다시 찾고 싶었다. 볼리비아의 우유니 소금 사막, 페루의 마추픽추 등 이목을 끄는 볼거리도 많았다. 게다가 조금만

찾으면 정보는 넘치도록 풍부했기 때문에 첫 여행지로 부담
이 크지 않았다. 첫 번째 목적지로는 남미가 적격이었다.

그 외에 배낭여행자의 샹그릴라로 불린다는 파키스탄의
훈자 마을*, 프레디 머큐리의 고향인 탄자니아의 잔지바르,
세계의 지붕이라는 파미르 고원까지. 온전히 내가 가고 싶은
곳으로 리스트를 써 나갔다.

하고 싶은 것도 많았다. 먼저 콜롬비아나 멕시코에 잠시
눌러앉아 스페인어를 배우기로 했다. 중남미를 여행할 때 현
지인들과 그들의 언어로 소통하고 싶은 마음이 컸기 때문이
다. 어설프더라도 스페인어로 대화를 나누고 친구가 되고 싶
었다. 영어는 못해도 스페인어에는 소질이 있을지 모른다는
헛된 희망을 가지고.

다음은 스쿠버 다이빙 자격증. 아무리 많은 곳을 여행한들
바다를 즐기지 않으면 지구의 70%를 보지 못할 거라는 친
구의 말이 생각났다. 물을 무서워해 수영도 못하는 주제에
바다 깊은 곳까지 여행하고 싶은 마음은 가득했다. 자격증
을 딴 후에는 갈라파고스 제도에서 망치상어 떼를 만날 꿈을

---

* 파키스탄령 잠무 카슈미르 지구에 위치한 곳. 라카포시(7788미터), 울타르
  (7388미터) 등의 높은 봉우리에 둘러싸여 있어 웅장한 풍경을 연출한다.

꿨다.

그리고 의료 봉사팀에 합류해 서아프리카 지역에서 봉사 활동을 하고 싶었다. 한국에서 의사로 지내며 가지지 못한, 누군가에게 진정으로 도움이 되고 싶은 마음을 배우고자 했다. 의미 있는 내 여행이 되었으면 했다.

마지막으로 쉼. 내일, 그리고 내 일만 바라보는 생활에 지쳐 선택한 일시 정지니까. 잘 쉬고 싶었다. 빡빡한 일정에 쫓기는 여행이 되지 않게. 여유 있는 마음을 가지고 나를 돌아보기로 했다. 천천히 시간을 보내며 나를 알아가고 싶었다.

일시 정지를 결정한 후 하고 싶은 것들로 머리를 가득 채웠다. 할 수 있는 것보다 진정 원하는 것을 먼저 생각했다. 처음이었다.

03

처음 넘어 본
나의 울타리

전공의 생활을 마치고 병원에서 퇴사했다. 그리 거창한 결정은 아니었지만 막상 5년 넘게 일하던 곳을 그만두고 퇴직금을 받는다 생각하니 기분이 이상했다. 둘러싸고 있던 울타리가 사라진 느낌. 돌이켜 보니 나는 울타리 밖을 넘어가 본 적이 없었다.

어떤 학교의 학생, 모 병원의 인턴, 그리고 무슨 전공의. 나를 소개할 때면 으레 내가 소속한 곳이 따라 나왔다. 이 외에 내가 누구인지 알려 줄 말을 생각해 본 적 없었다. 항상 어딘가 속해 있었고, 그게 주는 안정감에 젖었다. 그런데 이제 울타리가 사라졌다. 어색하고 낯설었다. 내가 속한 곳이 아니라 진짜 나를 소개해야 할 시간. 이제는 내가 좋아하는 것, 하려는 일로 나를 소개하고 싶었다.

5년을 병원 기숙사에 살았다. 병원 단지 안에 있던 기숙사는 집에 와도 아직 퇴근하지 못한 느낌을 주는 공간이었다. 이곳에서 짐을 빼야 할 시간이 다가왔다. 출근은 2월까지였지만 병원 측에서는 야속하게도 그 전에 기숙사를 떠나라 했다. 퇴직 서류를 제출하고 나자 여행을 떠나기 전까지 지낼 곳이 없었다. 기숙사가 아쉬울 줄이야. 당장 머물 곳이 없어 선택한 곳은 결국 병원 당직실. 필요 없는 짐은 다 버리거나 집으로 보냈다. 내게 남은 건 간단한 옷가지, 세면도구, 충전기를 넣은 배낭. 그리고 지갑과 여권을 넣은 보조 가방 하나뿐. 창문은 없고 2층 침대 두 개로 가득 차 버린 좁은 방에서 생활을 시작했다.

동기들은 병원에 남아 전임의 과정을 시작하거나 마무리하지 못한 논문 작업을 했다. 반면 좁은 곳에 처박혀 근근이 지내는 나를 보니 오만 잡생각이 들기 시작했다.

'다른 사람들은 앞을 보며 나아가고 있는데, 난 여기서 뭐하고 있지?'

여행하는 내내 정도의 차이가 있었을 뿐, 비슷한 맥락의 생각이 계속 들었으니 돌이켜 보면 이때부터 이미 내 여행은 시작된 셈이다. 애써 불안한 마음을 감추고 잘 선택했다며 스스로 최면을 걸진 않았다. 내 마음속 불안까지 그저 있는 그대로 받아들이기로 했다.

상상만 해 왔던, 실제가 될 거라 꿈도 꾸지 못했던 여행이 하루 앞으로 다가왔다. 진짜 떠나는 거야? 현실 감각이 떨어졌다. 싱숭생숭한 마음에 배낭을 뒤로 메었다 앞으로도 메어 보고, 어깨가 아프다며 줄을 조절해 보기도 하고, 큰 의미 없는 짓을 하며 마지막 날을 보냈다. 기대, 설렘보다는 막연한 걱정, 불안을 안고 여행을 시작했다.

병원 당직실을 나와 공항으로 떠났다. 그 와중에 큰 배낭을 앞뒤로 멘 내 모습은 꽤 마음에 들었다.

04

비교의 시선을 둘 곳은…
– 콜롬비아

한국에 살면서 생긴 안 좋은 버릇이 있다. 나도 모르게 자꾸 비교하게 된다. 사회에는 어느 정도 합의된 성공한 사람의 기준이 존재한다. ADSL(일명 메가패스)을 설치하고 '지잉, 치이이익, 캬아악' 하는 모뎀의 괴성을 들으며 간신히 인터넷에 연결되던(집 전화가 몇 시간째 통화 중이라는 연락에 부모님께 맞았고, 20만 원이 넘는 전화 요금에 한 번 더 맞았다) 때만 하더라도 명예나 권력이 패나 그럴듯한 성공의 기준이었던 것 같다. 그런데 스티브 잡스가 정수리를 반짝이며 검은 터틀넥과 청바지를 입고 나타나 "위 아 콜링 잇 아이폰!"이라 외치더니 급기야 언제든 손가락만 까딱이면 레이디 가가의 기괴한 패션을 감상할 수 있는 시대가 왔다. 모든 정보의 접근성이 좋아졌고 유명인들의 화려한 생활상이 하루에도 수십 개씩 뉴스를 빙자하며 쏟아진다. 개그맨의 창업과 수십 억 매출 달성, 영화배우의 슈퍼 카, 스포츠 스타의 수백 억대 부동산 수입 등. 대개는 돈이다.

최근에는 "엣헴, 내가 누군 줄 알아?"를 입에 달고 사는 어르신의 명예나 권력도 돈 앞에선 두 수 접어야 한다. 돈이 전부는 아니라고 용기 내 말해 본들 가식적이라는 말만 되돌아온다. 가슴 한편에 품은 가치는 어느새 경계해야 할 위선 따위가 되어 버렸다. 부는 물질적 풍요로움을 넘어 어느새 쿨한 것까지 되어 버렸다. 쉴 새 없이 쏟아지는 타인의 성공 소식이 나를 비교하게 만든다. 그리고 비교의 시선은 언제나 위를 향해 있다.

병원을 그만두기 1년 전, 아르헨티나를 여행했다. 남미 여행치고 길지 않은 시간 동안 좋은 친구를 많이 만났다. 파타고니아의 대자연이 보고 싶다며 떠난 여행에서 남은 건 사람이었다. 가장 기억에 남는 친구가 호세다. 우리의 김, 이, 박처럼 흔한 이름이지만 호세는 결코 그 이름처럼 뻔하지 않았다.

나는 파타고니아 여행을 마치고 부에노스아이레스에서 마지막 일정을 보냈다. 시내 프리워킹 투어 중 연세 지긋한 한국 어르신을 만났다.

"자네, 조물주 위에 있는 게 뭔지 아나? 건물주야, 건물주!"

"아, 그런가요."

"내가 지금 여행하면서 아끼지 않고 돈을 쓰는데 한국에 돌아가면 그만큼 임대료가 쌓여 있다고!"

"건물주랑 조물주… 하하."

"오늘 저녁에 좋은 데 가서 와인 한잔할 텐가?"

"아뇨, 저는 건물주가 아니라…."

귀가 따가워진 나는 일정을 일찍 마치고 숙소에 들어왔다.

숙소는 '남아메리카'라는 거창한 이름을 가진 호스텔이었다. 내 방은 배낭의 짐을 여유 있게 꺼내 놓기도 어려울 만큼 좁은 곳. 네 명 정원의 방에 흑인 남자와 그의 동양인 여자친구, 나까지 셋이 지냈다.

"너 어디서 왔어?"

"한국에서 왔는데."

"그럴 줄 알았어. 딱 한국 사람처럼 생겼어."

"…?"

지금 나랑 싸우자는 건가?

"나는 일본에서 왔고, 남자친구는 프랑스에서 왔어."

안 물어봤는데….

일본인에게 한국인처럼 생겼다는 소리를 듣다니. 잘생기지 않았는데 개성 있게 생기지도 않은 나에게 이건 분명 욕이다. 반박도 못 하고 소심하게 속으로 되뇌었다. 너도 일본인처럼 생겼거든. 혼자 꿍하니 손빨래를 하고 누우려던 참에 낯선 남자가 들어왔다. 좁은 침대에 다리나 뻗을 수 있을지 의문이 들만 큼 덩치 큰 남자다. 호세였다. 간단히 인사를 나눴다.

"헤이, 브라더. 너 이름이 뭐야?"

"난 킴이야. 이름 말해 줘도 발음 못 할 거 같으니까 간단하게 성으로 부르라고."

"오케이, 킴. 난 호세야. 그나저나 방금 나간 커플도 이 방 쓰는 거야?"

"응. 여자애는 일본에서 왔고, 남자애는 프랑스 사람이래."

"방도 좁고 더운데 쟤들 왜 저렇게 붙어 다니는 거야."

호세는 짐도 풀지 않은 채 갑자기 커플의 낯뜨거운 대화를 성대모사 했다.

"오, 베이비… 오늘 뜨거운 밤 어땡? …자기가 돈 없다고 숙소를 호스텔로 잡아서 안 돼용."

하루 내내 건물주의 부동산 자랑에 시달렸던 나는 호세의 성대모사에 한참을 키득거렸다.

베네수엘라 출신의 호세는 고국 경제 상황이 악화하자 멀리 아르헨티나까지 날아왔다. 구직 여행인 셈이다. 그런 사람치고 짐이 지나치게 단출했는데 그 짐마저 '산타 테레사'라는 럼주로 가득했다.

호세는 짐을 풀고 말했다.

"킴! 오늘 밤엔 내 친구와 산타 테레사 한잔해!"

그날 밤은 호세와 그의 친구 실바노, 그리고 '산타 테레사'와 함께 보냈다. 같이 있으면 기분이 좋아지는 친구였다.

그 후 각자의 시간이 흘렀다. 잠시 쉬어 가기로 결정한 나는 1년 만에 다시 남미로 향했다. 호세는 결국 그때 베네수엘라를 떠났다. 콜롬비아에 일자리를 구해서 여자친구 예니퍼와 정착했다. 콜롬비아는 '나르코스'라는 드라마를 즐겨 본 내게 마약왕, 파블로 에스코바를 떠올리게 하는 나라였다. 파타고니아에서 볼리비아까지 올라가며 대자연을 만끽한 나는 곧장 콜롬비아에 가기로 결정했다. 호세를 다시 한 번 보고 싶었고, 메데진*에서 에스코바를 찾고 싶었다. 이후에는 올라온 길을 되돌아가 남미를 반시계 방향으로 이동할 계획이었다. 친구들은 비효율적인 경로를 보고 이상하다며

* 안데스 산맥 고원 지대에 위치한 콜롬비아 제2의 도시. 마약왕 에스코바의 카르텔 본거지. 꽃과 미인의 도시로도 유명하다.

한마디씩 했지만 나는 맘먹은 대로 자유롭게 움직였다.

콜롬비아는 여느 남미 나라와 달랐다. 파타고니아처럼 웅장한 풍경이나 마추픽추처럼 위대한 건축물은 없었지만 다른 어느 곳보다 사람이 좋았다. 여행객이 고작 한 달 머무르며 만난 이들이야 극히 일부였겠지만, 다양한 직종의 현지인을 만나 그들의 일상 공간에서 대화를 나눴다. 사람들은 모두 친절하고 다정했다. 옆에서 보고만 있어도 기분이 좋아질 만큼 쾌활했다. 호세 역시 따뜻한 사람이었다. 호세와 친구들은 항상 가족과 이웃을 소중히 생각했다.

다시 만나면 무슨 밀을 해야 할까. 호세를 만나기 직전까지 나는 좋지 않은 머리를 쥐어뜯으며 고민했다. 되지도 않는 온갖 영어와 스페인어를 짜냈다. 그동안 남미에서 갈고 닦은 스페인어 욕을 뽐내 볼까? 하지만 복잡한 머릿속은 호세를 보자마자 맑아졌다. 멀리서 보이는 특유의 걸음걸이, 모든 걸 다 꿰뚫고 있다는 듯 입꼬리를 씩 올리는 특유의 미소. 1년 전 그대로였다. 호세의 연인이라고 상상할 수 없을 만큼 차분했던 여자친구 예니퍼가 옆에 있었다는 것만 빼고. 머릿속에서 생각하던 여러 가지 말은 필요하지 않았다. 그저 웃음만 나왔고, 서로에게 그걸로 충분했다.

베네수엘라에서 넘어온 호세는 예니퍼의 가족과 함께 지

낸다고 했다. 예니퍼 가족이 살던 보고타 지역 외곽의 집에 호세가 새 식구로 들어왔다. 나도 보고타에서 지내는 동안 그곳에 머물렀다. 배낭을 메고 호스텔만 떠돌던 내게는 부족함 없는 곳이었다. 함께 지내는 동안 호세와 예니퍼는 술친구가, 그리고 보고타의 투어 가이드가 되어 주었다. 주말이면 볼리바르 광장에 날 데리고 나가 시가지 구경을 시켜 줬다. 저녁이면 동네 친구를 불러 모아 음악을 틀고 살사를 췄다. 한국을 떠나온 지 꽤 오랜 시간이 흘러 향수를 느끼던 내게 호세와 친구들은 가족이었다. 진심 어린 환대를 알려 주었다. 따뜻했다.

보고타 시내를 함께 구경하던 중, 호세에게 말했다.

"호세. 콜롬비아 사람들은 다들 행복해 보여. 내가 유독 그런 사람만 만났던 걸까?"

콜롬비아에서 직업, 수입과 상관없이 행복한 미소를 짓는 사람을 많이 만났다. 외국인의 눈으로는 그들이 정말 행복한지 알기 어려웠기에 호세에게 물었다.

"난 지금 행복하다고 느끼는데. 예니퍼, 자기는 어때?"

"나도 마찬가지야."

"킴. 모든 사람이 행복할지는 모르겠는데 내 주위의 사람들은 대부분 행복하게 지내는 것 같아."

나는 의아했다. 내가 태어나고 자란 곳은 부, 명예 따위가 성공의 척도로 생각되는 곳이었다. 나라고 다르지 않았다. 이런 부류의 성공을 이뤄야 행복하다고 생각했다. 그래서 노력했다. 사람들은 항상 나보다 더 성공한 사람을 바라보고 비교하며 초라함을 느꼈다. 콜롬비아의 경우 부자 세 명이 총 GDP의 10%를 독차지하고 상위 10%가 버는 돈이 나라 전체 수입의 39%에 달한다.

"베네수엘라는 물론이고 콜롬비아 역시 경기 불황이라 들었어. 빈부 격차도 굉장히 심하다며. 혹시… 부유한 사람들이 어떻게 사는지 모르기 때문에 만족하며 지내는 거야?"

한국 사람다운 질문. 동시에 무례한 질문이었다. 무지하기 때문에 행복할 거라니. 하지만 호세는 금세 내 뜻을 알아듣고 대답했다.

"그것도 모를 만큼 순박하진 않아. 내 고향 베네수엘라도 그렇고, 콜롬비아 역시 부유한 나라는 아니야. 심한 빈부 격차도 알고 있어. 정치인들은 부패했지. 우리를 대변해 주는 사람은 없어."

"그런데 어떻게 다들 그리 행복해 보이지?"

"현재에 만족하거든. 지금 즐길 수 있는 걸 바라봐. 위를 쳐다보며 애쓰지 않아."

"부유한 사람을 보며 비교하지 않아?"

"그건 이해가 안 돼. 성공한 사람을 보고 내가 초라해질 필요는 없잖아. 그들 나름대로 노력해서 잘살고 있는 거지. 나를 거기에 비교하며 부럽다 생각하진 않아."

호세의 말에 여태 콜롬비아에서 만났던 사람들이 하나둘 떠올랐다. 나는 이내 고개를 끄덕였다. 아침마다 시체를 치우는 게 일상이었다는 무서운 수다를 떨며 곱창을 팔던 빈민가 아주머니, 넘어져 다 부서진 내 안경을 고쳐 볼 테니 믿어 보라 큰소리치던 길거리의 대학생(나는 '프로페시오날!'을 연발하며 물개 박수를 쳤다), 바리스타 대회에 참가하러 살렌토에 왔다가 커피는 안 내리고 그라피티를 그리던 친구들. 모두 여유롭고 만족스러운 웃음을 가지고 있었다. 내일을 걱정하지 않고 지금을 즐기는 사람들이었다.

"지금, 우리의 삶에 집중해. 만족하며 지내는 데 다른 이유가 필요하진 않아."

만족할 줄 모르고 새로운 목표만을 쫓던 내가 생각났다. 이 모습이 싫어서, 멈추고 싶어서 여행을 시작했다. 호세에게 했던 질문을 돌이켜 보니 아직도 갈 길이 멀었다는 생각이 든다.

"배움1. 행복의 첫 번째 비밀은 자신을 다른 사람과 비교하지 않는 것이다."

— 〈꾸뻬 씨의 행복 여행〉, 프랑수아 를로르

(오래된 미래, 2004)

비교의 시선은 자신을 향해야 한다. 위를 향하면 내가 초라해진다. '나는 저 정도는 아니잖아'라며 아래에서 느끼는 위로, 혹은 우월감 역시 마찬가지다. 나보다 불행한 사람이 있어야 내가 행복한 건 아니다. 나는 타인과의 비교가 아니라 내 기준의 행복을 찾고 싶다.

조금씩 변할 수 있을 거라 생각한다. 문제를 인식했으니까. 무례한 질문에 현명한 답을 준 친구에게 고맙다. 앞으로 더 다양한 사람을 만나겠지. 좋은 사람들에게 배울 기회는 앞으로도 많을 거란 생각에 기분이 좋았다.

05

다른 이의 도움에 그저 기대는 법
– 파미르 하이웨이

한국에서의 일상은 계획의 연속이었다. 대부분의 일은 내 계획대로 예상 가능한 범위에서 흘러갔다. 반면 여행은 마음대로 되지 않는 것투성이었다. 애초에 계획을 세우기 어려운 곳이 많았고, 세운다더라도 어긋나기 일쑤였다. 그럴 때면 종종 예상치 못한 도움을 받았다. 그때마다 나는 겸손해졌다. 혼자 잘났다고 해결되는 문제가 아니었다.

중앙아시아 여행은 온갖 '–스탄' 시리즈를 만나는 여정이다. 시베리아 횡단 열차에서 내려 카자흐스탄으로 이동했다. 이후 우즈베키스탄을 거쳐 타지키스탄, 아프가니스탄 국경을 돌아 키르기스스탄으로. 마지막으로 파키스탄까지 내려가는 긴 일정이다. 여행이 계속될수록 환경이 척박해졌다.

숙소나 국경에 관한 쓸 만한 정보를 찾기 힘들었다. 하지만 이곳에서도 좋은 사람을 만나 도움을 받았다.

타지키스탄에서 하루에 열 시간 정도 세계의 지붕이라 불리는 파미르 고원을 이동했다. 수목 한계선을 훌쩍 넘은 고도의 메마른 벌판이었다. 박물관에서나 볼 법한 연식 지긋한 차를 타고 파미르 하이웨이를 달렸다. 야생의 기운이 강하게 밴 곳이었다. 이동 중인 양 떼라도 만나면 모든 무리가 도로 위를 지나갈 때까지 인내심을 가지고 기다려야 했다. 갈 길이 멀어 급한 나는 게으른 양 떼를 째려보곤 했다. 그럴 때면 양들은 한 마리씩 차 앞에 멈춰 눈을 동그랗게 뜨고 내 눈을 빤히 쳐다봤다. 태도를 바꾸어 '빨리 움직여 주세요, 양님들'이라고 공손한 눈빛을 보내도 소용없었다. 이곳에서만큼은 사람이 땅의 주인이 아니었다.

이렇게 시간을 보내다 보면 우려했던 대로 마을에 도착도 하기 전에 해가 저물어 갔다. 황량한 땅이 저 멀리 하늘과 닿은 곳까지 뻗어 있었다. 나무 하나 없는 바위산에 떠오르는 달을 보고 있자면 내가 다른 행성에 있는 듯한 착각이 들었다.

해가 다 지고 나서야 조그만 마을, 무르갑에 도착했다. 유목민이 정착해 만들어진, 타지키스탄에서 가장 높은 마을이다. 이곳에 숙박할 만한 곳이 하나 있다는 정보를 들었기에 큰 걱정은 없었다. 그러나 차에서 내린 곳은 컨테이너 박스가 널려 있는 공터.

스마트폰 지도 속 내 위치는 정확한 GPS 정보를 찾지 못해 빙빙 돌았다. 밤이 되어 가로등 없는 벌판에서 길을 찾기도 힘들어 보였다. 그때, 같은 차를 타고 왔던 일행이 나를 불렀다. 벗겨진 머리에 선글라스를 올린 모습이 인상적이었던 남자였다.

"어디 묵을 데는 있어?"

나보다 두 살 많았던(정수리는 스무 살 많았던) 그는 울상이었던 내 표정이 안쓰러웠나 보다.

"바이커들이 모이는 숙소가 있다고 들었는데…."

"거기는 언덕 위로 가야 해. 지금 가긴 힘들어 보이는데, 내 친구 집으로 갈래?"

순간 내 머릿속 걱정 회로가 빠르게 작동을 시작했다. 러시아에서 당했던 안 좋은 일이 떠올랐다. 납치? 강도는 아닐까? 하지만 범죄가 일어나기엔 지나치게 조용하고 평화로운 마을. 고립된 이곳에 범죄자가 도망갈 곳은 없어 보였다.

오랜 이동에 지쳤던 나는 괜찮을 거라며 스스로 합리화를 하고 초대에 응했다. 그리고 내 짧은 의심이 무색할 만큼 환대를 받았다. 긴장했던 마음이 풀렸다. 저녁을 먹으며 질문을 던졌다. 누구든 말만 통하면 이건 반드시 물어보겠다고 마음먹었던 질문을.

"타지키스탄에 온 후로 똑같은 비닐봉지를 계속 보고 있거든. 지금 너희 집에도 있는 저 파란 비닐봉지."

타지키스탄 어디서든 한복 입은 여자 얼굴이 찍힌 비닐봉지를 쉽게 볼 수 있었다. 여행 내내 희한해하던 차에 마침 물어볼 사람이 생겼다.

"응. 저 봉지가 왜?"

"저 봉지에 있는 사람, 한국 사람인 거 같아. 한국 전통복을 입고 있거든. 눈 내릴 때 입고 어른들 앞에 엎드려 인사드리면 돈도 벌 수 있는 아주 훌륭한 옷이야. 그런데 왜 타지키스탄에서 한국 사람 사진이 찍힌 봉투를 들고 다녀?"

"킴! 당겜 몰라?!"

"당겜? 잘 모르겠는데…."

"너 한국에서 온 거 맞아? 왜 그걸 몰라?"

내가 못 알아듣자 사진을 한 장 보여 준다. 세상에, 장금이였다. 그 재미난 걸 왜 아직도 보지 않았냐며 친구들에게 타박받던 드라마, '대장금'. 외국인 앞에서 자존심이 상해 알은체를 하고 싶었지만 나에게 사극은 "줄을 서시오!", "홍춘

이… 어서 가세"라는 찰진 대사가 나오는 허준이 마지막이었다. 되지도 않는 영어 공부한다며 시간 보내지 말고 한류 드라마나 찾아보고 올걸.

타지키스탄에서 대장금이 대박을 쳤다고 한다. 그 후로 장금이가 활짝 웃는 사진이 박힌 비닐봉지는 국민 쇼핑백이 되었다. 선풍적인 인기였나 보다. 방송된 지 시간이 한참 흘렀는데, 아직 장금이를 들고 다니는 걸 보면. 이 먼 곳까지 퍼진 한류에 뿌듯함을 느끼진 못했다. 대장금 안 봤다며 한국에서 받던 타박을 내가 타지키스탄에 와서까지 받는다는 사실에 피식했다.

무르갑에서의 시간은 천천히 흘렀다. 그리고 언제나 그렇듯 떠나는 날이 찾아왔다. 사실 이곳부턴 제대로 된 여행 일정을 세우기 어려웠다. 마땅한 정보가 없었기 때문이다. 마을 사이를 연결해 주는 정기 교통편은 기대하기 어려운 곳. 자신의 자전거나 바이크를 이용해 이동했다는 후기는 적지 않았지만 나는 뚜벅이 여행자였다. 그럼에도 불구하고 간혹 나 같은 뚜벅이들이 어찌어찌 키르기스스탄으로 떠났다는 후기를 찾았다(기왕 남길 거, 자세히 좀 써 주지…). 나도 어떻게든 되겠지 하며 막무가내로 이곳까지 찾아왔지만 떠나는 교통편을 찾지 못해 난감해하던 차였다.

친구들은 얘기를 듣고 아침 일찍 부산스럽게 나를 마을 공터로 데려갔다. 양파, 과일, 타이어, 기름 등 온갖 물품을 싣고 키르기스스탄으로 떠나는 트럭이 털털거리며 매연을 내뿜고 있었다. 친구는 트럭 기사들과 알아듣지 못할 말을 한참 하더니 내게 오케이라고 수신호를 보낸다. 곧 새빨간 트럭이 한 대 다가왔다. 큰 도움을 받았기에 성의 표시를 하려 주섬주섬 주머니를 뒤지자 친구들은 손사래 쳤다. 곧 나는 차에 올라탔고 연신 고맙다며 손을 흔들고 타지키스탄을 떠났다.

창밖을 보니 척박한 이곳에도 설산이 녹아 만들어진 냇물이 흘렀다. 냇물이 모여들어 호수를 만들고 근처에는 키 낮은 식물들이 자랐다. 하얀 구름은 목화솜처럼 하늘에 흩뿌려져 있었다. 키르기스스탄으로 떠났다는 여행자들도 나처럼 예상치 못한 도움을 받았겠지. 결코 내 계획대로만 되지 않았을 곳에서 마음 따뜻한 누군가의 도움으로 여행이 계속되었다.

나는 여행자가 되고 나서야 타인의 도움에 그저 기대는 법을 알게 되었다.

06

계획은 완성의 조건이 아니다
– 이르케슈탐

🐉

여행하며 배운다. 세상엔 마음대로 되지 않는 일이 참 많다고. 모든 걸 내 계획대로 통제하겠다는 마음을 가지면 결국 내가 괴로워진다. 나는 이 당연한 사실을 받아들이는 데 오랜 시간이 걸렸다.

키르기스스탄에서 카슈가르* 까지 이동하기 위해 중국의 최서단 국경인 이르케슈탐 고개를 넘었다. 그곳에서 카라코람 하이웨이를 탈 예정이었다. 중국까지 한 번에 이동하는 버스가 없던 시기였기에 숙소에서 같이 이동할 일행을 만들

---

* 과거 '서역'이라 불린 중국 신장 위구르 자치구, 남서부에 위치한 도시. 위구르족, 한족을 비롯해 17개 소수 민족이 거주하고 있다. 중앙아시아로 나가는 실크 로드의 요지.

었다. 나, 그리고 호주 출신의 남자와 프랑스 출신의 여자. 이 둘은 영국과 러시아가 중앙아시아 패권을 두고 싸운 소설, 〈그레이트 게임〉을 읽고 이 지역을 여행 중인 커플이었다. 다행히도 이들은 내게 한국 사람처럼 생겼다며 시비를 걸지 않았다. 수소문해 보니 이르케슈탐 고개에서 키르기스스탄 출국 심사를 마치면 중국으로 가는 트럭이 꽤 있다고 한다. 그 후 트럭을 얻어 타기만 하면 중국 쪽 국경까지 넘을 수는 있다는 정보를 얻었다. 우리는 차를 빌려 일단 국경까지 가 보기로 했다.

도착 후, 출국 심사를 마치니 키르기스스탄의 모든 물자를 남김없이 중국으로 퍼다 나를 기세로 덤프트럭이 줄을 서 있었다. 우리는 한 명씩 각자의 트럭을 구해 이동했다. 그리고 중국 국경 사무소에서 다시 만났다. 낯선 곳을 탐험하는 느낌이 들어 괜스레 흥분됐다.

그런데 뭔가 이상했다. 국경 사무소의 공안 경찰은 우리를 한참을 기다리게 하더니 곧 외국인만 따로 모아 줄을 세웠다.

"어이 거기, 거기, 그리고 당신까지. 이리 와서 이쪽으로 줄 서!"

우리를 '열 맞춰' 시키고, 이내 두 손으로 내 입꼬리를 쭉

잡아끌어 올린다. 이 자식 뭐지, 조커를 너무 감명 깊게 봤나? 아니면 내 표정이 많이 불쾌했나? 경찰의 중국어를 알아듣진 못했지만 나약한 여행자로 눈칫밥만 잔뜩 먹어 온 나는 그들의 의도를 재빠르게 파악했다. 나는 최선을 다해 웃었다. 커플도 안면 근육이 떨리도록 웃었다. 지나가던 개도 우릴 보고 웃었을 것이다. 한참 동안 웃는 연습이 끝나자 비로소 입국 심사가 개시되었다. 그런데 갑자기 대포만 한 카메라를 든 사진 기사가 나타나 우리를 찍기 시작했다. 아! 홍보용 사진을 찍으려고 웃는 연습을 시켰구나. 웃음이 자연스럽지 못하다며 컷, 여권을 건네주는 포즈가 이상하다며 컷, 사진이 제대로 안 찍혔다며 컷. 마치 어릴 적 장학사 오는 날, 우리 교실의 모습과 같았다(전교생이 삐걱대는 나무 복도에 앉아 고체 왁스를 손에 들고 문지르던 날, 장난을 치다 복도에 우유팩이 터져 엉덩이도 터지도록 흠씬 두들겨 맞았다). 직원들은 이번에 새로 연 국경 사무소가 꽤나 자랑스러웠나 보다. 별거 아닌 일에 땀을 삐질 흘리며 열심인 모습을 보고 웃고 말았다. 경찰들은 웃는 연습을 시킨 보람을 느꼈을 것이다. '공안' 완장이 의미하는 중국의 엄격한 공권력이 무색해지는 순간이다.

졸지에 새로운 국경 사무소의 홍보 모델이 되느라 두 시

간 정도 지체됐다. 개의치 않았다. 카슈가르까지 100킬로미
터가 조금 넘게 남았으니 시간은 여유로웠다. 도착해서 카라
코람 하이웨이로 내려갈 차편만 알아보면 된다. 저녁 전까지
도착하면 충분하다. 심사를 마치고 사무실 너머에 서 있는
현지인 차를 얻어 타 다시 이동을 시작했다.

불확실했던 국경 통과 문제가 계획대로 풀리니 어려운 문
제를 풀어낸 듯 뿌듯했다. 문제는 그다음. 생각지도 못하게
이곳 외에 검문소가 두 곳이나 더 있었다. 첫 번째 사무소처
럼 대단한 행사를 하진 않았지만 짐을 다 풀어놓고 일일이
소지품 검사를 받았다. 마지막 지점에 도착했다. 이곳을 통
과하면 씽씽 달릴 일만 남았다. 그런데 이건 또 무슨… 사무
소 직원이 자리를 비웠다고 한다. 금방 올 것처럼 하던 직원
은 두 시간이 넘도록 감감무소식이었다.

슬슬 조바심이 났다. 계획대로라면 진작 도착했어야 하는
데, 이대로라면 저녁이 훌쩍 넘을 것 같았다. 도착하자마자
버스를 알아보고, 다음 날 곧장 카라코람 하이웨이로 떠나려
던 내 계획이 틀어진다. 지금까지 잘 풀리던 계획이 어긋나
기 시작한다. 혼자 안절부절못하고 고개를 두리번거렸다. 오
두방정을 떨고 직원은 언제 오냐며 사람들을 귀찮게 했다.
그때, 앞에서 느긋하게 책을 보던 커플이 날 보고 말했다.

"킴, 디스 이즈 차이나."

생각지도 못한 말. 나는 피식 웃어 버렸다. 순간 긴장이 풀린다. 지금까지 이 커플이 보여 준 여유로운 태도가 짧은 한마디와 무척 어울린다. 내가 혼자 열 낸다고 해결될 일이 아니었다. 흔히 얘기하는 상식이 통하는 곳이 아니었다. 예상치 못한 일이 생기기에 즐거운 여행인데 계획대로 흘러가지 않는다며 혼자서 혼자 열을 냈다.

"…오케이, 디스 이즈 차이나."

나도 짧게 답했다. 별말 더 안 했지만 조금 편안해진 내 표정을 그들도 알아챘겠지.

물론 혼자 열 내던 내가 마음 좀 내려놓았다고 문제가 해결될 리는 없다. 애초에 원하는 대로 흘러가는 곳이 아니었으니까. 직원은 세 시간이 지나서야 도착했다. 타고 왔던 차는 그곳에 붙잡혔고, 우리는 근처 마을까지 먼 길을 걸어야 했다. 하지만 마음은 편했고 여행은 즐거웠다.

겨우 도착한 이곳, 신장 위구르 자치구는 늘 정세가 불안정한 곳이다. 이슬람교를 믿는 위구르족을 하나의 중국을 이유로 통제하니 저항 운동이 생길 수밖에. 티벳의 독립 운동이 잘 알려진 반면 이곳의 비극은 엄격한 통제와 단속 강화로 외부 세상에 잘 알려지지 않았다.

이 때문에 중국 정부를 향한 위구르인의 분노는 하늘을 찔렀고, 최근 한족을 대상으로 한 테러까지 발생했다. 그래서인지 수많은 공안 경찰이 도로에 상주해 있었다. 마을 외곽을 걷는 동안 수도 없이 경찰의 검문을 받았다. 중국의 위구르족 탄압이 마음에 들지 않았지만 힘없는 여행객은 다소곳이 공손한 자세로 검문에 협조하는 수밖에. 하지만 검문이 계속되고 그때마다 우리와 기념사진을 찍자는 경찰을 보며 깨달았다. 경찰은 그저 우리가 신기했을 뿐이었다.

한 무리의 경찰이 우리를 초소로 데려갔다. 갈 길 바빴던 나도 이제 마음을 내려놓았다. 초소에 도착하자 따뜻한 물을 내어 준다. 그곳에서 우리는 손짓, 발짓, 표정, 입 모양, 구글 번역기까지 써 가며 힘들게 대화했다. 여권을 좀 보자며 말을 걸었지만 이 또한 겉치레였다.

"어디서 왔어?"

"여기까지 어떻게 온 거야?"

"쟤들은 커플인데 넌 왜 혼자 다녀?"

"너희 나라 돈 좀 보여 줄래?"

여권은 펼쳐 보지도 않고 이런저런 질문을 끝없이 던졌다.

"아버지는 뭐 하시고?"

"형제 관계는?"

"집은 자가야, 전세야?"

…따위의 질문은 다행히 나오지 않았다. 검문이 아니라 초대였다.

"내가 좋은 거 보여 줄까?"

두꺼운 뿔테 안경을 쓴 경찰이 더는 못 참겠다는 듯 입꼬리를 씰룩거리며 창고에서 주섬주섬 뭔가를 꺼내 들고 나왔다. 창이었다. 그는 언월도를 든 〈삼국지〉 관우나 되는 양 포즈를 잡는다. 그러나 나는 분명히 봤다. 쑥스러운 듯한 그의 표정을. 쑥스러워할 거면 포즈나 잡지 말지. 이 초소에는 이런 창들이 몇 개나 있다며 자랑한다. 우리가 세웠던 계획은 이미 기억 저편으로 사라졌다. 웃음 가득한 그들의 표정에 내 마음은 완전히 풀렸다.

시시콜콜한 얘기를 하며 한참을 놀았다. 그제야 호기심이 충족됐는지 경찰은 우리를 조그만 마을 터미널로 태워 주었다. 이곳에 가면 카슈가르로 가는 버스가 있다고 한다. 경찰들은 조심해서 가라며 손을 흔들었다. 떠나며 생각했다. 시간이 흐른 후 호기심 가득한 이 경찰들은 어떤 어른이 되어 있을까? 그 모습이 궁금해 다시 한 번 이곳을 찾고 싶었다.

이쯤 되자 내 입에서도 한가롭게 휘파람이 나왔다. 한참을 돌아 결국은 카슈가르에 도착. 나는 날이 늦어 버스 터미널 위치만 확인한 후 예약한 호스텔로 갈 생각이었다.

"킴. 오늘 어디서 잘 거야?"

"호스텔이 하나 있다고 하던데. 너네 아직 계획 없어?"

"응. 호스텔 있으면 알려 줘. 우리도 그쪽으로 갈게."

나는 지도를 켜고 호스텔 위치와 주소를 찍어 줬다.

"터미널 위치만 알아 놓고 바로 들어갈게. 먼저 들어가 있어."

이게 우리의 마지막이었다. 막판까지 마음대로 되는 게 없던 날이었다. 지나가는 사람들, 택시 기사에게 아무리 물어봐도 터미널은 찾을 수 없었다. 빠르게 포기하고 예약했던 숙소를 찾아갔다. 그러나 내 눈앞에 보이는 건 무너진 건물의 폐허뿐. 허위 등록된 숙소였다. 결국 그들과는 다시 만나지 못했다.

마음의 여유를 얻으려 떠난 여행 중에도 시간과 계획에 쫓기는 나를 마주했다. 문제는 여유 없이, 빡빡하게 짠 내 계획이었다. 조금 쉬어 갈 법도 한데 마음이 급했다. 일시 정지를 결정하고, 여유있게 지내보자던 마음은 어느새 잊었다. 계획이 틀어지자 조바심을 내던 내 마음도 문제였다. 예상하지 못한 일이 생기자 안절부절못했다. 뭐든 계획대로 하고자 하는 버릇이 튀어나왔다.

'조급한 성격은 아니야. 오히려 조금 여유로운 편?'이라며 자평하고 다녔지만 막상 닥쳐 보니 그렇지도 않았다. 마음의 여유를 유지하기 어려울 때가 많았다. 내게는 조금 더 내려 놓는 연습이 필요했다.

　모든 것이 계획대로 흘러가는 것만큼 재미없는 일도 없을 것이다. 같은 상황에서 느긋하게 웃던 커플의 모습이 좋았다. 계획하지 않은 일에 대처하는 자세를 배우기로 했다. 더 불어 너무 과한 욕심은 내지 않기로 했다. 타고난 모습은 변하지 않겠지만 보고 배웠으니 노력은 해 볼 수 있겠지.

07

지금, 여기에 만족하기
- 훈자

"불안이 분명하게 개시하는 것은 현존재가 자기 선택과 포착의 자유를 향해 열려 있다는 것이다. (…) 불안으로 인해 현존재는 세인(das man) 속에서 상실되었던 본래적 자기를 만나게 된다."

— 〈하이데거 「존재와 시간」〉, 이선일

(서울대학교 철학사상연구소, 2003)

배낭여행자들의 샹그릴라로 불리는 훈자 마을은 내 오랜 꿈이었다. 봄이면 살구 꽃이 피고 가을이면 노랗게 물든 포플러 나무로 둘러싸인 계곡에 소박한 사람들이 사는 조용한 마을. 내가 꿈꾸던 낙원이 그곳에 있었다. 1년의 일시 정지

와 여행을 결정 후 뽑아 놓은 목적지 리스트에서 훈자는 항상 최고 순위에 있었다.

가는 길은 만만치 않았다. 열 장이 훌쩍 넘는 온갖 서류 뭉텅이를 들고 대사관에 방문해 겨우 비자를 받았고 온갖 '-스탄'들과 파미르 하이웨이, 카라코람 하이웨이를 한참 달려서야 이곳에 도착했다.

중국과 파키스탄의 국경에 겨우 도착했지만 출입국 사무소는 우리를 쉬이 보내 주지 않았다. 사무소 직원은 하루가 꼬박 걸리는 여정을 위해 아침 일찍 나온 우리를 땡볕에 한참 기다리게 했다. 최근 비슷한 일을 유독 많이 겪은 듯했다. 아니나 다를까. 오늘은 더 이상 출국을 시켜 줄 수 없다며 우리를 돌려보냈다. 운 좋은 파키스탄인 몇몇만 트럭을 타고 떠나며 잘해 보라는 듯 손을 흔든다. 수염을 더부룩하게 기른 친구가 열을 내기 시작한다. 어디서 많이 본 모습 아닌가. 나는 그 친구 어깨를 잡고 씩 웃으며 한마디 한다.

"헤이 프렌드, 디스 이즈 차이나."

그도 허탈하게 웃는다. 다시 마을로 돌아간 우리는 다음 날 마침내 카라코람 하이웨이의 가장 높은 지점, 쿤제랍 고개를 넘어 중국에서 빠져나왔다. 짜이찌엔 차이나! 당분간 만나지 맙시다. 국경을 가로지르며 내려오는 카라코람 하이웨이에서 나는 세상 어디서도 보지 못한 경이로운 풍경을 마주했다. 해발 4000미터가 넘는 고원에 에메랄드빛 호수가 펼쳐져 있고, 흰 모래로 덮인 산이 병풍처럼 호수를 둘러 감싼다. 사오정이 살았다는 이 산에 바람이라도 불면 모래가 날려 하얀 커튼이 쳐지고 하늘을 덮는다. 산 너머에는 만년설로 뒤덮인 고봉이 우리를 내려다본다.

중국 측 풍경이 부드럽게 나를 감탄시켰다면 국경 넘어 파키스탄의 풍경은 나를 압도했다. 바위산들은 황량한 땅에 거인처럼 서 있다. 가시 같은 수백 개의 봉우리로 뒤덮인 산 파수콘은 하늘을 찢을 듯 솟아 있다. 장엄한 풍경에 나간 정신을 추스릴 즈음, 훈자 마을에 도착했다. 예정보다 한참 늦어지긴 했지만.

먼 길을 돌아 도착한 훈자 마을은 꿈꿔 오던 샹그릴라가 아니었다. 식당의 음식 종류에, 숙소의 가격표에, 그리고 광고판에 새겨진 와이파이 마크에 벌써 다녀간 꽤 많은 배낭여행자의 흔적이 남아 있었다. 그럼에도 불구하고 훈자는 여태 찾은 곳 중 가장 평화롭고 조용했다. 툭하면 전기가 끊기고 어둠이 찾아왔지만 딱히 불편함을 느끼지 못할 정도로 할 게 없었다.

"이리 와 앉아 봐. 짜이 한잔하고 가!"

수로를 따라 걷다 보면 동네 아저씨들이 나를 불러 세웠다. 길을 걷다 우연히 마주치는 사람마저 친절했다.

난 이곳에서 완전히 퍼졌다. 이곳에서만큼은 여행을 '잘' 하고 싶지 않았다. 시간 단위로 잘 짜인 계획에 따라 여기저기 돌아다니며 사진을 남기고 싶지 않았다. 1주일간 정말 아무것도 하지 않을 작정이었다. 아침이면 간단히 흙탕물(주인 할아버지는 빙하 녹은 물이라 우기던)에 몸을 씻고 옥상에 올라가 풍경을 보곤 했다. 밥 챙겨 먹는 시간 외에는 항상 옥상에 있었다. 그곳에서 흘러가는 구름을 보거나 책을 읽는 게 내 일과의 전부였다.

이렇게 평화로운 시간을 며칠이나 보내고 나니 문득 마음 한구석이 불편해졌다.

'여기서 내가 뭐 하고 있는 거지?'

'다른 사람들은 차곡차곡 경력을 쌓고 있을 텐데, 나는 괜찮은 걸까?'

버릇처럼 떠오르는 앞날의 걱정이었다. 지금 '하고 싶은' 일이 아니라 미래를 위해 '해야 할' 일이 떠올랐다. 일시 정지 하기로 마음먹고 내가 좋아하는 여행을 하는 중이니 괜찮다며 애써 걱정을 잠재웠다. 하지만 이내 불편함은 다시 힐끔 고개를 내밀었다. 이번에도 역시 하고 싶은 일은 아니다.

'여행 중이라면서, 종일 하늘만 보고 있어도 되나? 나가서 뭐라도 해야 하는 거 아닐까?'

'남들에게 자랑할 만한 사진이나 여행 무용담이 있어야 할 텐데.'

여행하는 지금 이 시간마저 '생산적'인 일을 해야 할 것 같았다.

별일 없이 흘려보내는 시간에 대한 불편함, 그리고 '생산적'이라는 단어에 대한 강박. 이것들은 30년 동안 나를 앞으로 더 앞으로 밀어내던 원동력이었다. 파닥거리지 않으면 죽는 물고기라도 되는 양 빨빨거리며 살아왔다. 강박은 한국을 떠나도, 일상을 떠나도 나를 놔주지 않고 쫓아왔다.

훈자 마을에 오면 죽어도 여한이 없을 만큼 행복할 거라 생각했다. 물론 좋았다. 하지만 솔직히 내가 기대했던 만큼 행복하지는 않았다. 건물 옥상에 올라 온종일 구름만 보고 있을 때면 슬며시 불안이 고개를 들었다. 다만 이때의 불안은 피해야 할 부정의 기분이 아니었다.

정신 없는 일상에 매달려 있을 때는 불안할 일이 없었다. 업무가 많다면서도 끊임없이 해야 할 것을 찾았다. '요새 너무 바빠'를 입에 달고 다니며 불안이 끼어들 틈조차 만들지 않았다. 친구를 만났고, 술을 마셨다. 부족한 내 모습을 마주할 용기가 없던 나의 방어 기제였을 것이다.

여행을 하는 동안 나는 시간을 억지로 채우지 않았다. 그리고 빈 시간 속에서 드디어 불안을 회피하지 않고 마주할 수 있었다. 벗어나려, 이겨 내려 애쓰지 않고 그대로 받아들였다. 불안해하는 모습은 울타리를 벗어난 솔직한 내 자신이었다.

'얼마나 오랜 시간 경쟁, 자기 계발 따위의 말에 시달려 지냈길래 이곳까지 와서 불편해야 할까?'

'여기서 행복하지 않다면 대체 어디서 행복할 수 있을까?'

낯선 물음 앞에서 도망가지 않았다. 그리고 고민했다.

행복의 정의는 모두에게 다르다. 누군가는 고통을 극복하고 얻는 힘이라고 했으며 다른 누군가는 참된 진리에 도달할 때 비로소 얻는 것이라고 했다. 하지만 적어도 내게 행복은 그런 차원의 문제가 아니었다. 목표에 도달했다고, 열심히 노력하여 무언가 성취했다고 손에 쥐어지는 게 아니었다. 내게 행복은 추억의 나라, 행복의 성에서도 찾을 수 없던 치르치르와 미치르의 파랑새 같은 것이었다.

꿈꿔 오던 샹그릴라에 도착한들 앞으로 해야 할 일을 생각한다면 이곳이 만족스러울 리 없다. 어떻게 찍어야 남들에게 자랑할 만한 사진이 나올지 따위를 고민한다면 더더욱 그렇다. 행복은 지금, 여기에 만족할 수 있는 내 마음의 문제다.

어디서 많이 들어 본 듯한 얘기 아닌가? 하지만 내게는 참 어려운 문제였다. 들을 때야 고개를 연신 끄덕거리다가도 정작 바쁜 일상 속에 파묻히면 어느새 잊혔다.

훈자에서의 시간은 느리게 흘렀다. 일상을 떠나 잠시 정지한 시간은 생각을 정리하기 충분했다. 목표는 없었고, 얻을 것도 생각하지 않았다. 편안했다. 인생의 진리를 찾은 것처럼 당장 행복해질 수는 없겠지만, 조금 더 연습해 보기로 했다.

설산으로 둘러싸인 이 계곡에서는 세상이 멀리 내다보였다. 황량할 것 같은 이곳에도 산자락을 흐르는 강물을 따라 녹음이 우거졌다. 하늘은 늘 그렇듯 푸르렀다. 흰 구름이 피어올라 봉우리를 덮고 시간이 흐르면 지는 해가 구름을 붉게 물들였다. 여유롭게 흘러가는 구름을 바라보며 앉아 있었다. 오래전부터 원래 그곳에 있었던 사람처럼.

이곳에서 내가 행복하지 않을 이유는 없었다.

08

일상의 가치
- 코카서스

🖋

일상. 이 단어 옆에는 유독 무료함이라는 녀석이 사이좋은 친구처럼 따라다닌다. 일상의 무료함, 무료한 일상으로부터 탈출 따위의 말로. 짜릿한 일로 가득할 것만 같던 여행도 시간이 지나면 어느새 일상이 된다. 여행을 시작한 지 7개월이 넘어갈 무렵, 코카서스*를 여행 중이던 내게도 슬슬 무료함이 찾아왔다.

여행지를 고를 때 종종 발음하기 쉽고 좋은 어감을 가진 지명에 끌리곤 한다. 입에 착 달라붙는 어감을 가진 곳이라

---

* 카스피해와 흑해 사이에 있는 지역의 총칭. 아제르바이잔, 조지아, 아르메니아, 러시아 남부를 포함한다.

면 계획한 루트를 몽땅 뒤집어서라도 그곳으로 갈 궁리를 했다. 수크레, 예레반, 카즈베기, 잔지바르, 나르빅… 어감이 마음에 들어 입으로 소리 내어 되뇌던 목적지들이다. 코카서스 지방에는 아르메니아의 수도인 예레반과 조지아의 카즈베기(러시아 제국 시절의 이름, 공식 명칭은 '스테판츠민다'이다), 어감 좋은 도시가 두 개나 있기에 꼭 들러야 할 지역이었다.

코카서스로 넘어오며 몸이 편해졌다. 거리는 깔끔했으며 날이 무더워도 건물 안은 어디든 에어컨이 펑펑 나와 쾌적했다. 불의 나라라 불리는 아제르바이잔의 수도 바쿠에 잠시 머물렀다. 산유국의 부유함을 과시하듯 도로에 고급 외제차가 많았고, 거리마다 명품 매장이 즐비했다. 몸 편한 바쿠에 머물면서도 내 마음은 온통 조지아, 카즈베기에 있었다. 신화 속 프로메테우스가 묶여 있었다는 장소가 바로 카즈베기 산이었다. 어감이 좋아 소리 내어 읽게 되는 지명. 게다가 인간에게 불을 전해 줬다는 선지자의 신화까지! 신화 속 그곳에 두 발로 서고 싶었다.

과연 카즈베기는 기대 이상이었다. 맑은 하늘이 좋았다. 5000미터 고도의 산이 넓게 펼쳐져 조그만 마을을 뒤에서 감싸 안았다. 하지만 나는 왠지 만족스럽지 못했다. 이 풍경, 어디서 많이 본 듯했기 때문이다.

'어디서 봤더라… 파타고니아? 파키스탄?'

지금 여기 좋은 풍경에 행복해하고 말걸. 굳이 얼마 전 방문했던 장소를 떠올렸다. 아무리 좋은 풍경이라도 눈에 익기 시작하니 감흥이 덜했다. 생각은 꼬리를 물고 '파키스탄이 풍경은 더 웅장했지!'라며 쓸데없는 비교를 시작했다.

한참 좋은 풍경을 즐기려던 순간, 비슷한 풍경을 이미 많이 봤다는 이유로, 익숙하다는 이유로, 마음이 식었다. 카즈베기에서 내려와 조지아의 유명하다는 수도원 몇 곳을 돌아다녀 봐도 감흥이 덜했다. 여행이 길어지니 처음 보는 광경도 어디서 본 듯한 느낌이 들었다. 자꾸 전에 본 것과 비교를 한다. 이제 익숙하다 못해 식상할 지경이었다.

여행을 시작할 때도 설렘이 많지는 않았다, 오히려 뒤숭숭한 느낌이었지. 하지만 식상해질 줄이야. 이제는 뭘 봐도 덤덤했다. 날짜 감각은 잃어버린 지 오래였다. 오늘이 며칠인지, 무슨 요일인지도 모르고 지낸다. 도착하는 곳마다 슈퍼를 찾아 먹을 걸 사고, 끼니때가 되면 밥을 지어 먹는 게 일과였다. 낯선 곳으로의 탐험을 표방했던 내 여행은 어느새 익숙한 일상이 됐다. 내 행복이 이토록 무료해지다니….

무료함에 익숙해질 때쯤 나는 발길을 돌려 한적한 산골 마을, 오말로*로 향했다. 큰 기대는 없었다. 그곳은 카즈베기

처럼 어감이 입에 감기지도, 그렇다고 멋진 신화가 숨어 있
지도 않았다. 파키스탄에서 함께 지냈던 대진 형님에게 내가
이곳을 좋아할 것 같다는 말을 들었을 뿐.

　해가 넘어갈 무렵 오말로에 도착하자 매캐한 냄새가 코를
찌른다. 어릴 적 시골집에서 아궁이 때던 냄새다. 뽀글이 파
마를 한 할머니와 약주 한잔 걸치고 코끝이 빨개진 채 은단
을 씹던 할아버지가 생각났다. 할아버지 덕분에 어릴 때부터
은단 맛을 알고 어른들 몰래 하나씩 훔쳐 먹었지. 반가운 마
음에 주변을 두리번대도 할머니와 할아버지는 곁에 계시지
않았다. 내 눈에 들어온 건 회뿌연 연기뿐. 고개 넘어, 산 숭
턱에서 뿜어져 나온다. 설마 산불일까 싶어 긴가민가하던 차
에 소방 헬기가 등장해 물을 뿌린다. 아, 그 반가운 아궁이
냄새가 산불이었다니…! 내 여행이 얼마나 무료해 보였으면
산불이 다 났을까. 산불에 괜히 감성이 충만해져 하늘에 계
신 할아버지, 할머니까지 떠올렸다. 해가 지고 어둠이 내리
자 산은 불길로 인해 빨갛게 빛났다. 그래, 역시 제일 재밌
는 게 불구경이지. 오늘 밤 실례하지 않으려면 키를 쓰고 동

＊ 조지아 북동부 코카서스 산맥에 위치한 마을. 고립된 곳에 있고 정비된 도
　로가 부족해 1년의 대부분 동안은 다른 지역과의 왕래가 불가능하다.

네방네 소금이라도 얻으러 다녀야 할 판이다. 삼삼오오 모여 담배를 태우던 동네 아저씨들도 내 옆에 앉아 같이 산불을 구경한다.

"저 산불, 아저씨가 낸 거 아니에요?"

산불을 보면서도 태연하게 담배를 태우는 아저씨들을 구박하며 함께 키득거린다. 구수한 동네 아저씨들과 시시껄렁한 얘기를 하며 밤이 깊어 간다.

오말로 역시 새로운 감흥은 없었다. 이제 짜릿한 자극을 기대하지 않는다. 마음을 비우고 뒷산에 올랐다. 마을이 한눈에 들어온다. 잔디가 무성한 벌판에 얼기설기 흩뿌린 듯한 집들. 그 사이로 북적이는 인파 대신 양들이 뛰어놀았다. 평화롭다. 내가 상상하던 중세 시대 마을이 여기 있다. 지대가 높은 곳에는 적갈색 벽돌을 쌓아 올린 굴뚝 모양 탑이 솟아 있었다. 푹푹 찌는 더위에 지쳤던 나는 탑 그림자에 숨어 시원한 바람을 맞았다. 이곳에 앉아 한가로운 생각이나 하며 시간을 보냈다.

여행마저 반년이 넘어가니 어느새 일상이 되어 갔다. 어쩔 수 없는 일이다. 무엇이든 반복되면 익숙해진다. 감정 역시 무덤덤해진다. 얼마 되지 않는 내 경험에 비추어 볼 때 시간이 지나도 항상 새롭고, 처음처럼 늘 반짝거리는 것은 존재하지 않는다. 아무리 좋아하는 여행이라도 짜릿한 경험만으로 1년을 가득 채우기는 어렵다.

그토록 꿈꾸던 여행조차 익숙함으로 가득한 일상이 되어 가는데, 그렇다면 한국에서의 오랜 내 일상은 어땠나. 남들이 옳다고 하는 길만 따라와서인지, 꼭 의사가 되고 싶다는 목표 의식이 없었기 때문인지 일상을 그리 의미 있게 보내진 않았다. 대부분 직장인이 그러하듯 나 역시 '일하기 싫다', '빨리 퇴근하고 싶다'를 입에 달고 살았다. 의사가 되는 과정이 그다지 즐겁지 않던 것도 한몫했겠지.

누구나 새로운 무언가를 꿈꾸고 기대한다. 그 무언가는 명품 가방일 수도, 고급 외제차일 수도, 낯선 곳으로 떠나는 여행일 수도, 새로운 직장일 수도 있다. 여행 중 가장 설레고 두근거릴 때를 꼽자면 출발 직전일 때가 많다. 하지만 막상 여행을 시작하고, 시간이 오래 흐르면 무료함을 느낀다. 일상 역시 그러하다. 일을 시작할 때면 새로운 일의 의미를 찾고 기대감을 키운다. 시간이 지날수록 익숙해져 그 의미를 잊어 갈 뿐.

여행이 내 오랜 꿈이었듯 의사라는 일도 누군가에게는 꿈이었겠지. 좋은 직업이다. 성실하게 일할수록 누군가 더 행복해지는 일, 다른 사람들에게 도움을 주는 일, 거기서 오는 보람까지. 의사로 일할 수 있다는 건 내게 큰 행운이었다. 하지만 무료한 일상을 보내며 입에서 나오는 건 으레 불평, 불만이다. 업무 강도가 높고 어디서든 맘 놓고 편히 쉬기가 어렵다. 내가 감당해야 할 책임에서 자유롭지 못하다. 퇴근 후에도 문득 입원해 있는 환자가 생각나는 건 일상다반사. 바쁜 일에 치이다 보면 내 일의 보람이나 의미는 애써 쥐어짜 내야 생각이 날 정도다.

나와 다른 일상을 보내는 친구들도 비슷하지 않을까 조심스레 생각해 본다. 반복되는 나날을 보내다 보면 힘든 일만 생각난다. 일은 지루하고 재미없다. 일요일 저녁이 되면 월요병을 앓고 1년에 얼마 되지 않는 휴가만 기다린다. 내가 그랬다. 하지만 일은 가끔 자신을 빛나는 존재로 만들어 주기도 한다. 의미 없이 같은 일을 반복하지만 나만이 해낼 수 있는 일도 있다. 조그만 보람을 느낄 때면 나에게 일이 어떤 의미인지, 어떤 가치가 있는지 생각해 볼 수 있을 것이다. 그리고 다른 누군가는 분명 내 자리에 있기를 희망한다.

그러나 우리는 일상이 되었다는 이유만으로 그 의미와 행복을 잊어버린다. 짧은 일탈, 여행이 주는 새로움은 필요하다. 하지만 주객이 전도되는 순간 어느새 일탈은 새로운 일상이 되고, 곧 채워지지 않는 공허함을 느끼게 될 것이다.

여행이든, 일이든 시간이 흘러 무료한 일상이 되는 건 마찬가지라고 생각한다면.

여행이 길어야 1, 2년, 일은 적어도 30, 40년을 해야 한다고 생각한다면.

내가 하는 일에서 느끼는 행복은 나의 짧은 일탈, 여행의 그것보다 훨씬 중요하다. 나의 일, 일상은 충분히 그럴 가치가 있다.

지금은 여행이 내 일상이다. 가끔은 무료할 때도 있지만 여전히 내 여행을 좋아한다.

09

이뤄지지 않은 것의 고마움
– 북유럽

🐉

"철수네 집이죠? 철수 있어요?"

"9시에 놀이터에서 봐!"

어렸을 적 친구네 집에 전화를 걸어 이렇게 약속을 잡곤
했다. 그런데.

"10월 3일 저녁에 북극에서 봐!"

이제는 북극에서 만나자는 약속이라니. 시간이 20년 넘게
흘렀다지만 새삼 신기하다.

친구 두 명이 휴가를 맞춰 여행 중이던 나를 찾아왔다. 로
포텐 제도*에 머물고 있던 나는 친구들이 오는 시간에 맞춰

---

* 노르웨이 노를란드 주의 군도. 험준한 산과 깎아지는 듯한 절벽, 해변이 절
묘하게 어우러져 있다.

북극권 도시, 트롬쇠*로 향했다. 우리는 1년 만에, 그것도 북극에서 만나는 것이다. 깎아지는 절벽과 피오르드가 보고 싶었던 나, 오로라가 보고 싶다는 정환, 노르웨이산 연어를 현지에서 먹고 싶다던 준석 형. 여행의 목표를 각자 하나씩 마음에 품고서.

친구들이 한국에서 출발했다는 소식을 듣고 로포텐 제도를 떠났다. 말을 하지 않고 지낸 지 제법 되었기에 편히 한국어를 쓸 수 있는 시간을 기대했다. 친구들에게 챙겨 오라고 주문했던 한국 음식도. 먼저 트롬쇠에 도착해 체크인한 친구들은 언제 도착하느냐며 나를 닦달했다. 빨리 보고 싶다는 낯 뜨거운 말을 할 사이는 아니었기에 뭔가 이상하다고 느낄 무렵, 나도 트롬쇠에 도착했다.

"왔냐?"

"어."

무심한 한 마디로 우리의 여행이 시작됐다.

"도착 전부터 호들갑을 떨고 난리야. 무슨 일 있었냐?"

"공항에서 짐이 안 나오더라. 우리 망한 듯."

---

* 노르웨이 북부의 가장 큰 도시. 북극권에 위치해 백야와 극야, 오로라를 볼 수 있다.

"없는 대로 살아. 언제부터 깔끔 떨었다고. 배고프니 빨리 밥부터 해 먹자."

"아니… 옷은 괜찮은데, 너가 주문한 음식들도 그 가방에 있거든."

"…여행 즐거웠다. 이제 그만 다시 한국으로 돌아가라."

"야! 네가 좀 도와줘야지!"

"아냐. 볼일은 다 봤으니 이제 헤어지자. 정환이, 준석이 형. 먼길 오느라 고생했어."

나를 위해 멀리 한국에서 날아오던 먹을 것들이 친구들 캐리어에 갇혀 정처 없이 공항을 떠도는 중이었다. 평소라면 대수롭지 않게 계속 기다리라 했겠지만 이번엔 아니다. 왜? 마침 내 배낭 속 먹을 것이 떨어져 가던 차였으니까. 정환은 거친 욕을 섞어 가며 안절부절못했고 준석 형은 우리 모습이 재밌다며 낄낄댔다.

친구들이 가져오기로 했던 참치, 김, 라면만 기다리던 나였다. 적당량의 나트륨(소디움. 병원에선 나트륨이라 부르면 무식한 녀석 취급받는다)으로 화가 난 미각 세포를 달래 줄 참이었다. 아쉬운 건 나였으니 내가 나섰지만 결국 그날 짐은 도착하지 않았다. 우리는 내가 가지고 있던 얼마 남지 않은 쌀과 카레로 그날을 연명했다.

트롬쇠는 오로라를 찾아 떠날 계획을 해 본 여행자라면 이름 한 번쯤 들어 봤을 장소다. 북위 69도에 위치한 이곳은 19세기 초 북극 탐험을 위한 전초 기지로 이용됐던 도시이기도 하다. 상점 주인들은 모험심을 고취시키는 단어를 상품화시켜 도시 곳곳에 '폴라', '노던 라이트', '아크틱'으로 시작하는 간판을 걸어 뒀다. 우리 역시 오로라를 보기 위해 이곳에 찾아왔다. 짐은 도착하지 않았지만 곧 오로라를 볼 수 있을 거란 생각에 우리는 설렜다. 저녁을 해 먹으며 옆에 앉은 사람을 붙잡고 물었다.

"트롬쇠 와서 오로라 봤어?"

"계속 눈이 와서 못 보다가 어제 겨우 봤어. 커튼이 춤추는 거 같더라고."

낯선 이의 오로라 묘사에 우리는 흥분해서 '어썸!'을 연발했다. 그들은 아시아에서 온 모지리들이 재롱이라도 떤다는 듯 떨떠름한 시선을 보냈다. 모자란 아이들은 아랑곳하지 않고 다음 차례는 우리라며 기대를 키웠다. 다음 날은 느지막이 일어나 밤이 오길 기다리며 대낮부터 맥주를 마셨다. 우리의 관심은 온통 날씨와 오로라 지수였다.

"나 사실 날씨 요정이야. 내가 가는 곳마다 해가 쨍쨍해 난리다. 복 받은 줄 알아라."

나와 함께라면 반드시 오로라를 볼 수 있을 거라며 거드름을 피웠다.

"날씨가 좀 흐린 거 같은데?"

"재수 없는 소리는 하지 말자."

"눈 올 거 같기도 하고…."

"날씨 요정이라고."

그날 밤, 우리는 마침내 오로라 투어를 시작했다. 그리고 하늘은 무심했다.

"야, 너 날씨… 뭐라고 하지 않았냐?"

"요정… 한테 미움을 많이 받았다고…."

"명치를 확 때려 벌라."

눈이 펑펑 내렸다. 오로라는커녕 밤하늘조차 제대로 보지 못했다. 애타게 기다리던 오로라였기 때문에 실망했을 법한데 우리는 괜찮았다. 아직 목적지는 많이 남았으니까. 서로 너만 없었으면 오로라를 봤을 거라며 투닥대다 밤을 보냈다. 나쁘지 않은 밤이었다.

다음 목적지는 프레이케스톨렌. 노르웨이 뤼세 피오르드에 위치한 높이 604미터의 절벽으로 아찔한 높이의 산 정상에 톱으로 잘라 낸 것처럼 반듯한 제단이 턱 하니 걸쳐 놓인 곳이다. 제단 위에 서면 눈앞에 거대한 피오르드가 눈에 들

어온다. 사진 속 프레이케스톨렌은 최고의 전망을 선사하는
곳이었다.

때는 10월이었다. 이쯤 되면 눈이 내리고 땅이 얼어 입산
이 통제된다. 우리가 방문한 시기는 그 전이었다. 빈도는 줄
었지만 페리도 아직 운영 중이었다. 아침 일찍 승선했다. 상
쾌한 기분과 다르게 아침부터 하늘에는 먹구름이 떠 있었다.
트롬쇠의 그날 아침과 비슷한 날씨. 페리가 목적지에 다가갈
수록 날씨는 더욱 어두워졌다.

"형, 내가 사실 날씨 요ㅈ…."

"요정 얘기 한 번만 더 하면 죽여 버린다."

페리에서 내려 버스를 갈아타고 산 입구에 도착했다. 스산
했다. 시즌이 지나서인지 관광객을 찾기 어려웠다. 슬슬 비
가 내리기 시작했다. 입구에는 "Warning! Heavy rain!"
경고판이 우릴 가로막았다. 그것을 보고 셋이서 조금 모자란
머리를 맞댄다.

"…금지는 아니잖아. 올라가도 괜찮을 거야. 고도가 높아
지면 비도 많이 안 오겠지!"

"그렇겠지? 웬일로 똑똑한 생각을 하네. 준석 형 생각은
어때?"

"동감. 비 피해야 하니까 빨리 위로 올라가자."

모자란 머리에 걸맞는 바보 같은 결정이었다.

산을 오르며 우리는 'Heavy rain'의 의미를 깨달았다. 앞이 잘 보이지 않을 정도로 비가 내렸다. 비를 피할 장소도, 우리를 보호해 줄 장비도 없었다. 싸늘하다. 비수가 날아와 꽂힌다. 하지만 걱정하지 마라. 손은 눈보다⋯.

"야! 이제 그만 올라가자. 이러다 정말 조난당할 거 같아."

정환은 위험하다며 내려가자고 울먹였지만, 나머지 둘은 여전히 모자람을 버리지 못했다.

"조금만 더 가 보자. 우리 아직 안 죽었어. 그렇지, 준석 형? 형 벌써 서른 중반이 다 됐어도 아직 팔팔하잖아."

"닥치고 걷기나 해."

고난이 와도 포기하지 않고 우직하게 걷는 자에게는 복이 온다. 우리에게 복이 올 차례였다. 거짓말처럼 비가 그치자 구름이 걷히고 햇님께서 '그동안 고생 많았지'라며 수줍게 얼굴을 드러내야 할 때였다.

그러나 우리에게 해피엔드는 찾아오지 않았다. 가면 갈수록 상황은 심각해졌다. 이제 한 치 앞이 보이지 않았다.

정상에 다 와 갈 무렵 우린 결국 상주 직원에게 제지당했다. 직원은 정상에서부터 우리같이 어리석은 사람들을 끌고 내려오는 중이었다. 그들은 하나같이 풀이 죽어 패전병의 표정을 짓고 있었다. 이렇게 두 번째 목표도 실패했다. 어땠느냐고? 기대하던 절경을 보지 못했지만 아쉽지 않았다. 정환은 드디어 하산할 수 있다는 생각에 꽤나 감격한 듯했다.

숙소에 도착한 후 쫄딱 젖은 옷을 걸어 두고 저녁을 준비했다. 삼겹살로 추정되는 고기와 연어를 샀다. 종일 고생한 우리에게 주는 선물. 준석 형이 애타게 기다리던 노르웨이산 현지 연어의 맛은?

"…형, 이거 나만 맛없는 거 아니지?"

"그러게, 왜 이러냐… 정환이, 배고팠지? 이거 네가 다 먹어라."

"카레 남은 거 있어? 라면이랑 쌀 다 꺼내 봐."

"삼겹살 안 샀으면 어쩔 뻔했냐."

입에서 살살 녹는다던 노르웨이 현지 연어는 블로그에나 존재했다. 그저 웃었다. 노르웨이산 연어는 한국에서 먹어야 맛있는 거라며.

여행은 이대로 끝났다. 출발 전 각자 마음에 품고 있던 목표는 하나도 이루지 못했다. 북유럽에 온 후 우리가 기대했던 것들은 구경조차 할 수 없었다. 하나도 빠짐없이. 하지만 어느 것 하나 실망스럽지 않았다.

정환은 한국으로 돌아가는 비행기에서도 짐이 실종됐다

고 한다. 내가 뭘 잘못했냐며 인천공항 입국장에서 절규했다고… 대체 가방에 어떤 응큼한 걸 가지고 다니는지, 내가 꼭 알아낼 것이다.

몇 년 전까지만 해도 여행을 다니며 목표했던 것들은 꼭 봐야, 다 해야 직성이 풀렸다. 원했던 풍경을 보지 못하면 마치 그곳 여행을 망친 것처럼 아쉬워했다. 애먼 하늘을 탓하며. 그럴듯한 사진을 찍어 다른 사람들에게 자랑하고 싶었기 때문인지도.

하지만 우리는 괜찮았다. 어쩔 수 없이 보지 못한 풍경을 반추하여 아쉬워하지 않았다. 정환이 여행 내내 호들갑을 떨긴 했지만 누구 하나 툴툴거리는 사람 없이 태평했다. 피오르드의 멋진 풍경은 다음에도 볼 수 있다. 하지만 친구와 폭풍우를 헤치는 경험을 다시 하긴 힘들겠지. 원했던 것을 모두 이뤄야 하는 건 아니다. 이번에 이루지 못했기에 또 다른 언젠가를 기대할 수 있다. 내 생각대로 이뤄지지 않아도 괜찮다.

오래된 친구들과 여행할 수 있어 좋았다. 그뿐이다. 참 좋았다.

10

내게 여행은, 네게 여행은
- 발칸

여행에 관한 나만의 개똥철학이 있었다. 여행을 뜻하는
'travel'의 어원은 'travail', 즉 '고생, 고역'이니 여행은 불
편함을 감수해야 하고, 오히려 조금 힘들어야 한다는 생각이
었다. 이를테면 어르신들이 많이 이용하는 패키지 상품은 내
어린 생각에 진정한 여행이 아니었다. 자유를 포기하고 얻는
안락함이 중요한 거라 여겼으니까. 얼마나 편협하고 오만한
생각인가.

발칸 반도를 여행할 때였다. 시간이 여유로웠던 나는 그곳
을 하나하나 훑듯 천천히 움직였다. 이 지역의 내 여행 테마
는 체스 게임 같은 유럽 열강의 역사 탐구쯤이었다.

오스트리아는 왜 무리하여 보스니아를 합병하려 했을까.

어떤 사정이 있었길래 오스트리아 황태자가 암살당한 지 1주일 만에 여섯 개 나라가 너 죽고 나 살자며 피바람을 불러일으켰을까. 어릴 때 많이 하던 땅 따 먹기 게임 같은 건가? 대(大)세르비아 민족주의가 대체 뭐길래 밀로셰비치는 인종 청소를 자행했을까. 인도주의를 앞세우며 NATO(북대서양조약기구)를 동원하여 세르비아를 폭격한 빌 클린턴에게 다른 꿍꿍이가 있었을까.

그리 넓지 않은 지역에 국경을 건널 때마다 달라지는 민족 구성과 종교가 피부로 느껴져 흥미로웠다. 이슬람 문화권이었던 알바니아에서 시작해 마케도니아(현재는 국명이 북마케도니아로 바뀌었다)를 거쳐 코소보까지. 정교 문화권 세르비아와 몬테네그로를 지나 가톨릭 국가 크로아티아로. 마지막으로 세 종교가 한데 모인 보스니아-헤르체고비나까지. 발칸 반도는 다양한 인종과 종교의 종합 선물 세트 같은 곳이었다. 단순히 관광만을 생각했을 때 가톨릭 문화권 국가에 가까워질수록 볼거리는 많아졌다. 방점은 크로아티아였다.

아드리아해의 진주라 불리는 두브로브니크*에 도착했다.

---

* 크로아티아 서부 달마티안 해변의 중세 성곽 도시. 7세기, 정착한 피난민에 의해 건설되었다.

바다를 향해 튀어나온 구도심을 단단히 둘러싼 성벽. 거기서 시선을 조금만 들어 올리면 바다와 하늘이 만나는 수평선이 보였다. 성벽 안에는 골목 사이로 붉은 지붕이 물결쳤고, 시간이 지나 대리석처럼 반들반들해진 석회암 대로가 뻗어 있었다.

방송을 몇 번 타며 크로아티아는 제법 유명한 관광지로 부상했다. 거리에 울려 퍼지는 중국어. 어디로 고개를 돌려도 파랑, 노랑, 분홍색 깃발을 든 인솔자와 패키지 관광객이 보였다. 그들을 보고 나는 자유로운 '진짜' 여행을 한다며 정체 모를 우월감에 휩싸이기도 했다. 내 여행만 특별하다는 듯, 질 낮은 거만함을 마음에 품었다.

종종 길을 걷다 카메라 앞에 선 사람들을 본다. 타인의 시선으로 여행자의 표정을 바라보는 재미가 있다. 천차만별이다. 새로운 곳을 바라보는 호기심 반짝이는 표정, 연인을 바라보는 사랑 가득한 표정, 뭔가 맘대로 안 풀린다는 듯 짜증스러운 표정까지.

두브로브니크를 걷던 중, 화려한 색상의 등산복 단체가 보였다. 누가 봐도 한국에서 패키지여행을 온 어르신들이었다. 그런데 어르신들, 내 옹졸한 편견과 다르게 매우 행복해 보였다. 연신 고개를 두리번거리며 눈빛을 반짝이셨다.

"어이, 이리 와서 이것 좀 봐 봐!"

"지금 그런 거 볼 때가 아녀. 빨리 와서 이걸 봐야 혀!"

물가가 비싸다며 입을 삐죽대던 나는 카메라 앞 어르신들을 보고 잠깐 발걸음을 멈추었다.

"학생, 미안한데 우리 사진 좀 찍어 줄 수 있나?"

저를 학생이라 불러 주셨나요. 학생은 아니지만 감사합니다. 열과 성을 다해 찍어 드릴게요. 어르신은 양조위를 닮으셨네요.

"김씨! 빨리 와. 지금 단체 사진 찍잖여."

한 명이라도 빠질세라 부산스레 일행을 챙기시곤 과감한 포즈를 취해 보라며 다 같이 박장대소하신다. 등산복 차림으로 열 맞춰 사진을 찍는 순간의 어르신들 표정은 툴툴대던 내 기분까지 좋게 만들었다.

마침 대학생 정도로 추정되는 한국인도 옆에서 사진을 찍는데 기분이 영 좋지 않아 보였다. 뭔가 안 풀린다는 듯한 짜증스러운 표정이었다.

"아이 X. 이게 뭐야. 다리가 왜 이리 짧게 나왔어."

극사실주의를 표방하는 사진에 화가 났나 보다. 사진이 맘에 들지 않자 동행에게 짜증을 내는 중이었다.

대부분 여행자는 낯선 곳에서 행복한 표정을 짓지만 간혹 여기저기 짜증을 내고 다니는 부류가 있다. 그들 특유의 분위기는 대체로 이런 듯하다.

매우 부지런하다. 하루 일정은 이미 시간 단위로 정해져 있으며 새벽부터 일어나 '열심히' 여행한다. 아무리 바빠도 추천 필수 코스는 다 돌아봐야 한다. 인생 샷을 찍을 수 있다고 소문난 곳 역시 꼭 가야 한다. 남은 건 정리하기 벅찰 정도로 많은 사진. 한국에 돌아와 맘에 사진 것을 골라내는 데에만 한참 시간을 보낸다. 여행을 떠나도 일상의 속도는 변하지 않는다.

한국에 직장을 가진 사람들에게는 어쩔 수 없는 일이다. 휴가는 고작 1주일 남짓인데 보고 싶은 건 많다. 짧은 시간 안에 최대한 많은 걸 경험해야 한다. 여행을 다시 올 수 있다는 기약이 없기 때문이다. '다음에 또 오면 되지'라는 마음을 가지기 어렵다. 나도 그랬다. 금요일 정규 근무가 끝나자마자 급하게 공항으로 떠났다. 근무 복귀 날 새벽이 되어서야 한국에 도착했고 급히 병원으로 돌아와 아침 일을 시작하곤 했다. 여행은 쉼이 되지 못했다.

어르신들을 보며 편협하고 옹졸했던 내 개똥철학에 넌더리가 났다. 적어도 내가 보기엔 어르신들의 단체 관광이 훨씬 행복해 보였다. 여행 좀 다녀 봤다며 '열심히' 움직이는 여행자보다, 잘 다려진 예쁜 옷을 차려입고 인생 샷을 찍어야 한다며 얼굴을 찡그린 여행자보다.

사람들은 종종 여행에 고난과 극복, 도전 따위의 그럴듯한 말을 갖다 붙이며 과한 의미를 부여한다. 그러나 여행은 내가 행복하면 그만이다. 여행은 휴식이다. 내가 원하는 것들로 시간을 채울 수 있기에 좋은 것이다.

누군가에게 보여 줄 생각을 하면 쉬는 순간마저 무언가 해야 한다는 강박이 생긴다. 여행은 어느새 누군가에게 자신을 과시하기 위한 수단이 되어 버린다. 쉼이 필요해 떠난 여행이 또 다른 과제가 되어선 곤란하다. 외국인 친구와 찍은 사진으로 자신의 사교성을 자랑하거나, 애써 골라낸 인생 샷으로 본인의 화려한 여행을 과시하는 사람들과 있다 보면 이제는 내가 먼저 피로해진다.

굳이 어원까지 운운하며 고통을 감내하고 자유로워야 여행이라던 내 생각은 틀렸다. 개인이 중요시하는 가치는 모두 다르다. 내게는 얽매이지 않는 자유로움이 중요했을 뿐이다. 어르신들에게는 자유, 모험 따위 번지르르한 말보다 안락함이 중요할 것이다. 내 생각과 다르다고 다른 이들의 가치를 깎아내릴 필요는 없다. 패키지여행을 하든, 배낭여행을 하든 본인이 좋아하는 걸 즐기면 된다. 누구보다 행복한 미소를 짓던 어르신들처럼.

　아직은 새로운 곳에서 얻는 환희와 즐거움이 낯선 곳에서 느끼는 피로나 두려움보다 크다. 여행을 좋아하는 이유다. 내가 느끼는 이 행복은 시간이 지나도 변치 않기를 바란다. 나이가 들어도 자유로운 여행을 즐기는 사람이면 좋겠다. 만약 그러지 못한다면, 적어도 억지로 자유로운 척하지 않는 모습이었으면 좋겠다. 내 여행이 마냥 행복하다고 다른 이에게 과시하지 않았으면 좋겠다. 꾸미지 않고 싶다.

11

다시 플레이 버튼을 누를 때
– 중미

🐉

1년간의 여행이 끝난다고 생각하면 매우 아쉬울 것 같았지만, 막상 돌아갈 날이 다가와도 아쉬움은 크지 않았다. 새로운 한국에서의 일상을 기대했기 때문이다. 자유로운 시간이 없어진다 생각하니 조금 답답했을 뿐.

종착지는 중미였다. 첫 여행을 남미로 시작했기에 원래 계획대로라면 중미는 늦어도 6-7월쯤에는 도착했어야 했다. 하지만 파나마로 올라가려던 중 갑자기 몽골과 중앙아시아를 빨리 보고 싶다며 남미를 떠났다. 이동 경로, 항공권 가격을 생각할 때 합리적인 계획은 아니었다. 이 충동적인 결정은 한참 더운 시기에 중앙아시아로 날 데려다 놓았고, 그곳에서 혼자 여유롭게 생각할 시간을 만들어 줬다. 그리고 나는 한참을 돌아 여행의 마지막을 중미에서 맞이하게 되었다.

니카라과, 온두라스, 엘살바도르를 차례로 들러 과테말라까지 이동하고, 벨리즈를 거쳐 멕시코에서 여행을 마무리할 계획이었다. 마지막 목적지를 눈앞에 두고 문득 생각이 많아졌다.

'1년이나 쉬었던 내 선택은 어떤 방향으로 나를 이끌었을까?'

'과연 좋은 선택이었던 걸까.'

쉽게 하기 힘든 경험을 수없이 했다. 좋은 사람들을 만나 많은 걸 배웠다. 생각을 정리할 시간도 많았다. 혼자 여행하는 동안은 나에게 집중할 수 있었다. 나를 돌아보기 위해 좋은 시간이었다. 내가 원하는 것을 숨길 필요가 없었기 때문이다. 일이 이상하게 꼬인들 누군가를 탓할 수 없기에 마음이 편했다. 나의 속도를 유지할 수 있었다.

하지만 아직도 '다음엔 어디로 가야 하지', '어떻게 이동할까?' 따위 앞으로 해야 할 계획은 완전히 떨쳐 내기 힘들었다. 근본은 변하지 않은 듯한 느낌이다. 다만, 아직 여행이 모두 끝나지 않았으니 한국으로 돌아가는 날 다시 한 번 생각해 보려 했다. 앞으로의 시간에는 잡생각을 줄이고, 내가 있는 풍경 속으로 녹아 들어가 얼마 남지 않은 여행을 즐기려 마음먹었다.

화산과 커피의 도시, 안티구아에서 일주일간 머물렀다. 과테말라의 옛 수도였던 이곳은 1773년 대지진으로 인해 파괴된 뒤 방치되었고, 이후에도 화산과 지진 피해가 끊이지 않는다. 도시 어디서든 중턱에 뭉게구름을 걸친 아구아 화산이 보였다. 고풍스러운 옛 도시에는 스페인의 식민지 시대의 아름다운 건축물이 자리 잡고 서 있었다. 지진으로 폐허가 된 건물이 그대로 남은 이 거리를 걷고 있자면 과거의 안티구아로 시간 여행을 하는 느낌이 들었다.

일과는 단순했다. 아침 일찍 일어나 도시를 한 바퀴 돌아본다. 햇빛이 따사로워질 때쯤 카페에 들어가 안티구아 커피를 마신다. 바리스타의 정성이 들어간, 풍부한 아로마 향과 스모키한 바디감 속에서 느껴지는 산미 어쩌고 하면서 멋을 내 보고 싶지만 내게 그런 감성은 없는 듯하다. 반바지에 슬리퍼를 끌고 나와 잘 알지도 못하는 커피를 마시는 모습이 영락없는 동네 백수다. 점심이 되면 쌀을 사다 냄비에 밥을 지어 먹고 오후 느지막이 다시 밖으로 나온다. 해가 질 무렵, 십자가 언덕에 올라 붉게 물든 노을을 하염없이 바라본다. 별생각 없던 이곳에서의 시간이 참 좋았다.

도시를 하나씩 이동할수록 여행이 끝나 간다는 느낌이 물

썬 들었다. 다음 목적지는 벨리즈. 중미 유카탄 반도 동남부에 위치한 신생 독립국이다. 카리브해의 보석으로 불리는 벨리즈는 아름다운 해안선과 환초 지대로 유명한 곳이다. 그중에서도 깊이 125미터의 거대한 수중 싱크홀, '지구의 눈'이라는 별명을 가진 그레이트 블루홀이 내 호기심을 자극했다. 나는 곧장 그레이트 블루홀로 가기 위한 관문, 키코커 섬으로 향했다. 오랜만에 산소통을 메고 다이빙을 해 볼까. 기대감에 들떠 다이빙 숍과 경비행기 회사를 찾기 위해 3킬로미터에 불과한 작은 키코커 섬을 들쑤시고 다녔다.

"내일 그레이트 블루홀로 나가는 배 있어요?"

"당연하지. 빈자리 하나 남았으니까 빨리 예약해."

"그뤠잇! 내 이름은 킴이니까 빨리 장부에 적어 둬요. 가격은?"

"원래 300달러인데 마지막 한 자리니까 특별히 250달러에 해 줄게."

"헉. 너무 비싼데, 조금만 싸게 안 되나요?"

"앱솔루틀리 낫!"

고민했다.

250달러면 한 달 방값인데…. 그래, 너무 비싸다. 이집트에서 블루홀 다이빙은 해 봤으니 차라리 경비행기 투어를 알아보자. 어차피 물속에 들어가면 다 똑같은 바다인데 블루홀이 무슨 소용이야. 하늘에서 봐야 멋있는 거지. 경비행기는 20분 정도 한다니까 훨씬 저렴할 거야. 그 돈으로 고기랑 탄산수나 실컷 사 먹자.

발걸음을 돌려 이번엔 경비행기 회사를 찾았다.

"그레이트 블루홀 보러 가는 경비행기 투어를 알아보고 있는데요. 가격부터 알려 주세요."

"우리 비행기 일정은 내일 있는데, 어디 보자 빈자리가…"

"일단 가격 먼저요."

"250달러."

뭐 가격만 물으면 다 250달러래. 이 돈이면 필요할 때 1인실을 쓸 수 있고, 냄비에 밥이 좀 눌어붙어도 아깝다며 싹싹 긁어내지 않아도 되고, 교통비를 아낀다며 달리는 차를 향해 짧은 엄지를 뽐내지 않아도 되고….

이렇게 나는 다이빙, 경비행기를 모두 포기했다. 대신 내지갑 사정을 적극 반영한 스노클링 투어를 선택했다. 그때의 내게는 매우 합리적인 결정이었다.

이집트에서 프리 다이빙도 배웠겠다 여기서 한번 써먹어 보자. 스노클링 투어는 기대보다 훨씬 더 훌륭했다. 그리 깊지 않은 수심에 하얀 모래와 파란 바다색이 물속에서 어울려 장관을 이뤘다. 수심이 깊어지자 2차 세계 대전 당시 침몰한 난파선이 보였다. 그 옆으로 상어 떼가 무리를 이뤘고, 독수리 가오리는 하늘을 날 듯 물속을 유영했다. 아름다운 풍경에 감탄해 입을 벌리다 물을 잔뜩 먹기도 했다. 가끔 조류에 휩쓸려 물 속에 둥둥 떠다니는 느낌도 좋았다.

한참 물놀이를 하고 나오면 보트 위에는 얼음같이 시원한 파인애플과 수박이 먹기 좋게 차려져 있었다. 같이 배에 탄 친구들 역시 좋은 사람들이었다.

"야, 이 어린놈들아. 배 고장 났으니까 당장 내려라. 알아서 헤엄쳐서 가든가!"

선착장이 아직 한참 남았는데 갑자기 시동을 끄고 장난치는 백발 선장님의 농담에 다 같이 낄낄댔다. 어릴 적 친구들과 손잡고 나왔던 소풍 같았다. 배를 타고 바다로 나가는 소풍.

막상 벨리즈를 떠날 때는 돈을 아껴 보겠다고 그레이트 블루홀을 포기한 게 아쉬웠다. 벨리즈에 다녀왔다며 자랑할 만한 랜드 마크 없이 그곳을 떠나온 것 같아서. 그런데 지금 돌이켜 보니 그때 참 행복했다. 세상에서 제일 맛있던 과일과 흥 넘치는 일행이 함께했던 바다 소풍… 희미해져 가던 행복한 기억이 다시 떠오른다.

좋았던 벨리즈를 뒤로하고 이제 마지막 여행지로 떠난다. 종착지는 칸쿤.

사실 여행 중 이따금 다시 병원에 복귀해 근무하는 상상을 했다. 전공의는 끝났으니 전임의 생활을 시작해야 할 텐데…. 그럴 때면 유독 모 교수님이 떠올랐다. 전공의 시절, 엄격한 그 교수님께 배정된 동기들은 한 달 전부터 예기 불안에 시달렸고, 나는 그런 모습을 보며 가슴을 쓸어내리곤 했다.

"휴, 다행이다. 이번에도 안 걸렸네. 시간아, 이대로 빨리 흘러라."

내 간절한 바람 덕분인지 나는 전공의 생활을 마칠 때까지 그 교수님께 한 번도 배정된 일정을 받지 않았다.

"종관아, 나 아무래도 병원 그만둬야 할 것 같다."

"형님, 이제 딱 1주 남았으니까 조금만 참아 봐요. 이번 달 끝나면 또 좋은 곳으로 가시잖아요."

"1주를 더 버틸 자신이 없어…."

직접 겪은 적은 없지만 회진을 돌고 와서 눈시울이 붉어진 동기들의 얘기는 익히 들었다. 그런데 자꾸 내 상상 속에 나타나셨다. 가슴이 텁텁한 상상 속에서, 이 교수님 파트에 배정된 나는 시도 때도 없이 구박을 받았다.

'이것도 모르는 게 말이 돼!? 너 뭐 하는 놈이야!'

'죄송합니다. 죄송합니다.'

안 그래도 아는 게 많지 않은데 1년이나 쉬어 잘 적응할 수 있을까, 하는 걱정도 있었다. 이제는 낯설어져 버린 병원 생활에 대한 두려움도 여전했다. 그런데.

칸쿤에 도착해 휴대폰을 켜자 정신없이 알람이 울린다.

-야, 너 어떡하냐. ㅋㅋ

-오자마자 참교육 ㅊㅋ

친구들이 이렇게까지 신이 나서 내게 연락하는 경우는 하나다. 내가 큰 곤경에 처했을 때.

그렇다. 병원 재입사 후 전임의로서 1년치 스케줄이 발표되었으며 나는 복귀하자마자 바로 그 교수님을 모셔야 하는 일정에 당첨됐다. 생각한 대로 이렇게 잘 이뤄지는 거였다면 어릴 때부터 대통령 되는 상상이라도 해 둘걸.

충격으로부터 헤어 나올 무렵, 이집트에서 같이 생활했던 친구들이 일정을 맞춰 멕시코로 찾아왔다. 모 교수님을 머릿속에서 애써 쫓아내고, 이 친구들과 여행의 마지막을 함께했다. 칸쿤의 으리으리한 호텔 존에 숙박할 여력이 없는 우리였다. 시내에서 조금 벗어난 곳에 그럴듯한 방 하나를 빌려 같이 생활했다. 우리의 여행은 그저 쉼이었다. 계획을 세워

놓고 늦잠을 잤다며 하루 일정을 모두 취소하기가 부지기수.
친구들 덕분에 이 시간을 여유롭게 보낼 수 있었다. 혼자 있
었다면 귀로를 생각하며 꽤 심한 월요병에 걸렸을지 모른다.
슬슬 한국으로 돌아갈 날을 준비했다. 한참 기른 수염을 잘
라냈다.

그렇다고 돌아가고 싶지 않다며 울적하진 않았다. 어느덧
생활이 되어 버린 여행을 끝내고 병원에서 맞이할 새로운 일
상이 기대됐기 때문이다. 한국에서만 할 수 있는 새로운 경
험도. 이제 내 일상의 의미와 가치를 생각하며 조금 더 나은
날을 보낼 수 있을 것 같았다.

끝낼 때가 되니 여행의 기억이 오래된 필름처럼 머릿속에
떠오른다. 광활한 파타고니아의 대자연 속으로 녹아들어 배
회하던 시간, 옥상 한편에 자리 잡고 하염없이 구름만 바라
보던 시간, 바닥이 보이지 않는 바닷속을 유영하던 시간, 깊
은 계곡 사이 끝이 보이지 않는 마추픽추행 기찻길을 홀로
걷던 시간.

자유로웠던 나의 시간이 언제나 그리울 것 같다.

3장

일시 정지 후

01

나는 여전히
나였지만

올 것 같지 않던 날은 결국 왔다.

입국 심사를 마치고 곧장 병원으로 달려왔다. 입구의 회전
문이 이제 낯설었다. 엘리베이터 거울에 후줄근한 추리닝을
걸친 녀석이 하나 있다. 앞뒤로 배낭을 멘 모습은 1년 전 그
대로다. 서둘러 당직실 한편에 주섬주섬 배낭을 풀었다. 떠나
기 전 그날처럼.

입사 예정일은 3월이었지만 귀국한 다음 날부터 곧장 근
무를 시작하기로 했다. 입국 후 바로 병원으로 돌아온 이유
다. 병원의 늦겨울은 늘 시끌벅적하다. 근무 교대 일은 3월
이지만 2월만 되면 퇴사 예정자는 한시바삐 근무에서 이탈
하고자, 입사 예정자는 조금이라도 늦게 출근하고자 눈치 싸

움을 벌인다. 나는 칸쿤에 도착 후 얼마 지나지 않아 '선생님, 요새 교수님이 화가 많으셔요^^* 미안하지만 빨리 들어와서 인계를 받으셔야 할 것 같아요'라는 문자를 받았다.

정식 입사 전이라 생활할 공간은 제공되지 않았다. 고로 내가 갈 곳은 병원 당직실밖에…. 2월이 되어 퇴사자가 하나 둘 병원을 나가자 당직실도 한적했다. 간혹 쉬러 오는 사람은 있었지만 설날이 되자 그마저도 발걸음이 끊겼다. 인적 드문 당직실과 어울리지 않게 나는 병원에서 제일 바쁜 사람인 양 빨빨거리며 새로운 일을 익혔다. 여행을 정리할 시간은 없었다.

긴 여행은 이대로 끝났다. 일시 정지가 끝나고 삶의 속도는 다시 빨라졌다.

전반적인 생활 방식이 바뀌었다. 먼저 의식주를 고민할 필요가 없었다. 여행 내내 쌀은 어디서 구해야 할지, 어떤 곳에 머물러야 할지, 날씨에 적당한 옷이 있는지 생각했다. 그리고 삶의 태도를 고민했다. 한국에 오자 의식주는 곧장 해결됐다. 별 고민 없이 꽤 괜찮은 곳에서(그래 봐야 12인 당직실이지만) 잠을 잔다. 병원 식당에서 애타게 그리던 한식을 먹는다. 냄비 앞을 서성이며 밥이 눌어붙는다고 전전긍긍할 필요도 없다. 근무 중에도, 잠을 잘 때도 항상 녹색 수술복 차림이었으니 옷 걱정도 없다.

　삶의 태도를 생각할 시간은 주어지지 않았다. 환자를 만나고 진단과 치료를 고민했다. 내게 집중할 수 있는 시간이 줄어 아쉬웠지만 의사로, 사람으로 충분히 기능하고 있다는 느낌이 좋았다.

　이 시기에 옛 동료들의 도움을 많이 받았다. 퇴사하고 쉬었던 1년 동안 어느새 선배가 된 그들은 내가 병원에 적응할 수 있게 해 줬다.

　-형, 나 잘 곳 좀 마련해 줘. 당직실 너무 춥다. 입 돌아갈 거 같아.

　-병원 로비에서 자도록. 노숙자 잘 어울림.

　-밥 먹게 사원증 잠깐 빌려주라. 아직 입사 처리가 안 돼서 밥을 못 먹는다.

　-그래. 잘하는 게 먹기밖에 없으니 밥이라도 많이 머겅.

　까칠한 언사와 다르게 동료들은 내가 머물 공간을 마련해 주었고, 사원증이 나오지 않아 매번 출입 통제를 당하던 내가 병원을 자유롭게 돌아다니게 해 줬다. 나는 고맙다는 말을 입에 달고 살았다.

　병원 생활은 금방 적응됐다. 1년간 떠나 있던 시간은 잠깐의 꿈이었던 듯했다. 새벽 일찍 일어나면 긴장한 채로 곧장 컴퓨터를 켜고 밤사이 내원한 응급실 환자를 확인한다. 응급실 환자가 없다면 마음을 잠깐 내려놓는다. 다른 부서에서 작성한 협진 요청을 파악하고 나면 일단 급한 일은 없다. 그제야 수술 방으로 올라가 간단히 몸을 씻고 돌아온다. 마지막으로 병동 환자의 차트를 열어 보고 주치의에게 지시 사항을 전달한다. 이쯤이면 어느새 아침 7시 30분 정도 된다. 모든 준비를 마치고 교수님께 연락을 드린다. 무서웠던 상상 속 그 모 교수님이다. 간결하고 또렷한 말투로 "넵넵"을 연발하며 환자 상의를 마친다. 목소리로 교수님의 기분을 파악하고 오늘은 심기가 불편하지 않은 것 같다며 안도한다. 이후 병동에 올라가 주치의를 불러 놓고 교수님 회진을 준비한다. 교수님이 병동에 도착하면 다시 살얼음판이다. 동료들에게 티 내지 않기 위해 괜찮은 척했지만 사실 초긴장 상태였다.

겨우 회진을 마친 후에는 온갖 내시경 시술로 하루가 꽉 차 있다. 1년을 쉬는 동안 배웠던 건 다 까먹었고, 들어가는 방마다 내시경을 못한다며 한소리씩 들었다. 생각만큼 실력이 늘지 않아 고민이었다.

"어제 교수님 내시경 방에 들어갔다가 욕만 잔뜩 먹고 나왔어요. 선생님께 잠깐 배우고 가도 될까요?"

"그러세요. 그런데 얼마나 못했길래 욕을 먹어요?"

"곧 보여 드릴게요."

그리고.

"…교수님이 많이 참으셨네."

배움에 대한 두려움은 없었기에 친한 친구, 어색한 선배를 가리지 않고 거리낌 없이 찾아가 질문하고 배웠다. 그러다 아주 가끔 생기는 자투리 시간은 멍하니 흘려보냈다. 온종일 잔뜩 올라온 긴장을 잠시 내려놓는 시간이었다. 여행을 마무리하고 미처 준비할 시간도 없이 복귀해 일을 시작했지만 힘들다는 생각은 들지 않았다. 내 몸이 얼마나 힘든지는 신경 쓸 사안이 아니었다. 그저 엄격한 교수님 밑에서 첫 달을 무사히 보내고 살아남는 게 목적이었다.

정규 시간이 지나면 저녁을 먹고 새로운 입원 환자와 내일 시행 예정인 시술을 정리한다. 자정쯤 되어 겨우 일이 끝나면 그제야 나의 형편없는 내시경 실력이 머릿속에 맴돈다. 불편한 마음에 내시경 책을 조금 펼쳐 보지만 피곤했던 몸은 버티지 못하고 이내 책을 접고 만다. 알람 소리에 겨우 잠을 깬다. '한 시간쯤 잤나?' 하고 휴대폰을 켜면 원망스럽게도 시계는 어느새 일어날 시간을 가리키고 있다. 다시 긴장된 마음으로 컴퓨터를 켠다. 응급실에 파악하지 못한 환자가 몇 명석 와 있는 날은 비상이다. 어떻게 해야 고성이 오가지 않고 회진을 끝낼 수 있을지 고민하며 급히 일과를 시작한다.

일시 정지 하는 동안 별일 없이 흘려보내는 시간이 자연스러웠다. 마음은 여유로웠다. 그러나 한국에 돌아오자 여유는 사라지고 온갖 업무가 빈 곳을 채웠다. 할 건 많은데 시간은 부족했다. 24시간이 모자라니 하루가 딱 네 시간만 더 길었으면 좋겠다는 말 같지 않은 소리를 하고 다녔다. 쏜살같이 지나가는 순간이 못내 아쉬웠다.

'이 시간을 좀 더 생산적으로 지내는 방법은 없을까?'

'자투리 시간이라도 활용해서 더 배워야 하지 않을까?'

잔잔한 여유를 즐기던 나는 급류에 휩쓸리듯 정신없는 일상으로 복귀했다. 그동안의 배움이 대견하다는 듯 스스로 머리를 쓰다듬어도 나만의 생각일 뿐이다. 환경이 변하지 않으니 달라질 것도 없었다. 일시 정지를 변화의 수단으로 생각하니 마음만 괴롭다. 앞으로 나아가야 한다는 압박감을 버리고자, 이제는 잠시 내려놓고자 떠난 여행인데 30년이 넘도록 이리 살았더니 바꾸기 쉽지 않다.

나는 그대로였다.

02

한 발자국 옆에서
내 감정과 마주하기

"여행은 많은 것을 변화시켰다. 나는 더 이상 내가 아니다. 과거의 나는 없다."

의대생이던 에르네스토 게바라는 8개월간의 남미 횡단 여행 후 이와 같은 말을 남겼다. 에르네스토는 베네수엘라에서 여행을 마무리하고 위대한 혁명가 '체'의 길을 걷는다. 우리가 아는 체 게바라의 이야기다.

여행이 체를 변화시킨 것처럼 1년의 일시 정지가 나를 환골탈태시켰다면 좋았겠지만 솔직히 말해 그렇지 않았다. 돌아온 후 얼마 지나지 않아 나는 곧 떠나기 전 모습으로 회귀했다. 하는 일도 별반 다르지 않았다. 내심 변한 나를 찾길 바랐지만 나는 그대로였다. 사람은 변하지 않는다더니. 옛말이나 증명하려고 떠난 여행은 아니었는데….

현실과 괴리된 이상만 잔뜩 부풀려 온 건 아닌지 생각했다. 부정적인 생각이 꼬리를 물고 떠오를 때 정신이 들었다. 섣부른 판단은 접어 두고 천천히 생각해 보자.

나뿐 아니라 병원도 그대로였다. 일 평균 외래 환자 수만 1만 명에 달하는 대형 병원에는 크기가 다른 수 많은 톱니바퀴가 정신없이 돌아간다. 나 또한 다시 이곳의 톱니바퀴가 되었다.

톱니바퀴는 대수롭지 않은 것에 집착하고 작은 사건에도 예민해진다. 환자 상태가 좋지 않을 때는 물론 신경을 곤두세워야 한다. 응급 상황에도 별생각 없이 어슬렁거리는 의사를 상상하긴 싫다. 문제는 굳이 그럴 필요가 없을 때도 종종 예민해진다는 것. 나 또한 다르지 않았다.

대표적인 경우가 저년차 전공의의 연락을 받을 때다. 어려운 환자 상의를 받을 때, 또는 심혈 관계 시술, 투석, 응급 내시경 의뢰를 받을 때 상급자는 매우 도도하며 까탈스럽다. 공격적인 어투로 저년차 전공의를 몰아붙인다. 묻는 말에 대답이 바로 튀어나오지 못하면 구박을 시작한다. 그 질문이 꼭 필요했던 것인지는 중요하지 않다.

"이것도 파악 안 하고 뭐 했어요?"

"급한 환자도 아닌데 왜 이런 걸로 연락하죠?"

그러나 구박받던 저년차 전공의도 자신의 아랫사람을 대할 때면 다시 까탈스러운 상급자가 된다. 약자는 온 힘을 다해 더 약한 사람을 찾는다. 저렇게는 되지 말아야지 했던 선배의 모습을 닮는다. 저년차 전공의이기에 느꼈던 억울한 기억은 어느새 사라졌다.

항상 경계했다. 툭하면 화를 내고 신경질 부리는 선배가 되지 않기 위해. 부단히 노력했지만 뜻대로 되지 않을 때도 많았다. 누군가는 나를 쓸데없이 예민한 녀석 중 하나라고 생각할지 모른다(이 자리를 빌어 미안하다는 말을 전한다. 생각만큼 쉽지는 않더라). 여행 중 가졌던 여유로운 마음을 항상 유지했다면 좋겠지만 현실은 그리 만만하진 않았다. 일이 힘들고 내 몸이 고되면 다시 짜증이 올라왔다.

천성이 그리 훌륭한 사람은 되지 못하여 부정의 감정은 어쩔 수 없이 떠오른다. 하지만 혼자만의 생각에 빠져 허우적대는 시간은 길지 않았다. 쉬는 동안 나에게 집중하고 내 감정을 마주하는 일에 익숙해졌기 때문이다. 한 발자국 떨어져 내 감정을 관망했다. 안 좋은 생각을 반복하며 되뇌지 않았다. 누구의 잘못인지 가려내어 따지지 않았다. 나를 바라봤다. 내가 부정적인 감정에 빠진 상태란 걸 인지하는 것만으로도 마음이 조금 가라앉았다. 좋지 않은 감정을 알아챘으니 이제 그 원인을 찾기로 했다.

03

나만의
부정 조절법

부정의 원인은 상당수 나에게 있다. 내가 상황을 정확히 파악하고 올바른 결정을 내릴 수 있다면. 내 결정에 자신이 있다면. 얼토당토않은 말로 여러 사람을 힘들게 만들지 않겠지. 귀여운 저년차 전공의(실제 외모가 귀여운 건 아니다)의 환자 파악이 부족하다면 다시 확인해 볼 사항을 차분히 알려주면 될 일이다. 굳이 험악한 분위기를 조성하며 이것도 파악 안 하고 뭘 했냐며 상대방을 긴장시킬 필요가 없다.

환자를 진료하는 데 있어 100% 확실한 건 없다. 병원만 가면 이해하기 어려운 검사 결과와 그럴 가능성이 있다는 애매한 설명을 듣게 되는 이유다.

"오른쪽 윗배가 심하게 아파요? 담낭염인가? 압통은 없는

데…. 담관 결석? 그렇다기엔 피검사 결과가 괜찮고…. 간농양인가? 열은 안 나던데…. 어디 보자 또 뭐가 있을까. 환자분, 일단 CT를 찍어 봅시다."

"CT만 찍으면 다 알 수 있냐고요? 그건 아니죠. 원인을 못 찾는 경우도 많아요."

"그럴 거면 CT를 왜 찍냐고요?"

"…."

올바른 진단과 치료를 위해 지식과 수많은 경험, 의사의 역량이 필요하다. 이 과정에서 내가 문제를 처리할 능력이 없다면 여러 사람이 피곤하다. 가장 먼저 내가 불안하다. 초조한 마음은 관용 부족을 야기하고 타인을 향한 공격성을 만든다. 굳이 필요치 않은 것까지 들먹이며 아랫사람을 괴롭힌다.

여기서 그치면 차라리 다행이다. 환자를 다른 의사, 혹은 다른 분과에 미루는 일도 벌어진다. 내 능력이 부족하여 어려운 환자를 보기 부담스럽기 때문이다.

"우리 과 문제는 심하지도 않은데 왜 이쪽에서 입원시켜야 하죠?"

주로 악화 가능성이 매우 높거나 기저 질환이 많은 환자를 볼 때 생기는 문제다. 이 과정에서 다른 의료진과 불필요한 감정 소모가 생긴다. 해당 과의 문제가 분명한데도 터무니없는 이유로 환자를 미루는 연락을 받으면 한숨부터 나온다.

일이 몰리는 상황을 탓하고 내게 일을 미루는 다른 사람을 탓하다 문득 생각이 들었다. 나부터 잘하자. 부족한 실력으로 날카로워진 날을 세워 타인을 피곤하게 하지 말자. 말 같지 않은 소리로 트집 잡아 환자를 미루지 말자.

일하며 아랫사람을 비난하는 이유 역시 자신에게 있다. 부족한 능력으로 환자 대처가 부담스럽기에 신경이 곤두서 있거나, 아랫사람을 깎아내리며 모자란 본인의 자존감을 삐뚤어진 방식으로 채우거나. 생사가 오가는 병원이기에 안전을 위해 엄격한 교육은 필요하다. 가끔 큰소리, 날카로운 말이 들려오는 이유다. 하지만 우리의 아랫사람은 상급자의 의도를 이미 눈치채고 있다. 지금 듣고 있는 말이 자신을 위한 교육인지, 단순한 비난인지.

원인이 내게 있다면 해결을 위해 내가 달라져야 한다. 가장 먼저 정확한 판단을 하고 치료 계획을 결정할 수 있도록 역량을 키워야 한다. 나는 어떤 환자도 자신 있게 볼 수 있는 능력을 배우고 싶었다. 그럼에도 불구하고 가끔은 무의식중에 '이 환자로 왜 내게 연락하지? 다른 과에서 봐야 하는 거 아닌가?'라는 생각이 들었다. 그럴 때면 나 역시 똑같은 짓을 하고 있는 건 아닌지 돌아봤다. 내가 했던 생각이 위선은 아닐까 고민했다. 그 과정에서 내가 얼마나 모자란 사람인지 다시 한 번 깨달았다.

잠시 쉬는 시간을 가졌다고 의사로서 내 능력이 좋아질 일은 없다. 오히려 차곡차곡 쌓아 온 지식이 기억 저편으로 사라질 뿐이다. 이따금 생기는 부정적인 감정 역시 변함없다. 외적인 변화는 없었다.

하지만 이미 생긴 일에 대처하는 생각의 방식이 한층 성숙해진 듯하다. 본능적으로 떠오르는 부정적인 감정을 아예 막을 순 없지만 이제 어느 정도 스스로 조절할 수 있다. 사실을 인식하고 경계심을 갖는다. 내가 어쩔 수 없는 것(그것이 사람이든 상황이든)을 탓하기보다 나를 먼저 돌아본다. 나의 부족함이 원인은 아닌지 되돌아보고 어떻게 행동해야 할지 생각한다. 그러자 앞으로 나아갈 길이 보였다.

일시 정지 했던 시간 덕분이다. 나 자신에게 집중했던 시간은 나를 조금 더 이해할 수 있게 도와주었다.

04

꿈은 일상이 되고,
일상은 꿈이 되는

"조종실에 그렇게 오래 있으면 지겹지 않느냐는 질문을
종종 받는다. 진실을 말하면 나는 한 번도 지겨웠던 적이
없다."

"나는 먹고 사는 직업으로 이보다 더 즐거운 방도가 있다
고 생각해 본 적도 없고, 하늘에서 보내는 시간과 바꿀 만
한 지상의 시간이 달리 존재한다고 느껴 본 적도 없다."

— 〈비행의 발견〉, 마크 밴호네커

(북플래닛, 2017)

돌아온 지 얼마 지나지 않아 한국에서의 생활도 금세 적응
했다. 잠시 일상이 됐던 여행은 어느새 꿈꿔야 갈 수 있는 것

이 되었다. 이제 병원 생활이 나의 새로운 일상이다.

전공의 시절, 나는 병원에서 벗어나려 아등바등했다. 직업은 원하는 것을 하기 위한 수단 정도로 치부했다. 틈만 나면 밖으로 뛰어나가 놀고 휴가 때면 늘 여행을 다녔다. 병원만 아니라면 어디든 좋다며. 정말 참기 힘들 정도로 여행이 좋았던 것인지, 그저 떠나지 않으면 안 될 정도로 일상이 답답했기 때문인지는 알 수 없다.

그러나 꿈꿔 온 여행이 무료한 일상으로 변한 현실을 보며 생각했다. 익숙해졌기에 잊고 있었을 뿐 한국에서의 일상 역시 어릴 적 내가 꿈꿔 온 생활이었다는 걸. 여행을 끝낸 후 날마다 반복될 병원 생활을 잘 보내고 싶었다. 진심으로 내 일을 사랑하고 싶었다. 하지만 정신없이 병원에서 일하다 보면 이 공간에 동화되어 내 속도를 잃어버렸다. 반복되는 생활은 다시 지루해지고 새로운 일탈을 꿈꾸는 마음이 커졌다.

전공의 시절, 여러 교수님의 가르침을 받았다. 교수를 떠올리면 으레 높은 지위와 권위를 가진 사람이 떠오른다(이따금 '라떼는 말이지'라거나 '내가 꼰대면 이 세상 꼰대들 다 죽었구먼' 등의 대사가 떠오르기도 한다). 뛰어난 업적을 이룬, 타인의 존경을 받는, 덧붙여 안정적인 일자리와 급여가 보장된 사람. 내가 근무했던 곳에서도 교수직은 의사라면 누구나 한 번쯤 꿈꾸는 목표였다.

　모든 일이 그렇듯 화려함 이면에는 지루하고 고리타분한 일이 숨어 있다. 이는 대학 병원의 교수라고 다르지 않다. 이들에게도 감당하기 벅찰 정도의 일이 쌓여 있다. 가장 먼저 해야 할 일은 환자 진료다. 반나절에 진료해야 할 외래 환자만 40명 언저리, 거기에 입원 환자까지 챙겨야 한다. 그러나 환자 진료는 교수의 수많은 일 중 한 조각일 뿐이다. 쉬지 않고 논문을 써 내야 하고 병원 내 온갖 회의에 참가하며 행정 업무까지 처리한다. 병원에 살다시피 하는 교수도 많다.

　8년 전 전공의 시절, 교수님 한 분이 기억에 남는다. 내과 의사라면 누구나 알 만한 저널에 논문을 몇 편씩 게재했던 분이다. 어느 날 교수님이 연차 휴가를 이틀 냈다. 연차를 쓰고 진료 스케줄이 빠졌으니 그날은 당연히 교수님이 안 나올 거라며 홀가분한 마음으로 일을 시작했다. 회진 준비를 하지 않았으니 정말 오랜만에 아침까지 챙겨 먹고 여유 있게 일을 처리하는 중이었다. 그때 낯익은 얼굴이 병동에 나타났다. 연차 휴가를 쓴 교수님이었다. 회진 준비를 하지 못해 당황한 날 보며 교수님은 씩 웃고 한마디 하셨다.

　"휴가라고 안 나올 줄 알았나?"

　그걸 말이라고 하세요, 교수님. 휴가 쓰고 일터에 나오는 사람이 어디 있어요.

당황했다. 어버버 하는 나를 데리고 교수님은 평상시와 같이 회진을 도셨다. 환자 파악은 이미 본인이 다 하고 온 참이었다.

교수님이 휴가를 쓴 이유는 아래와 같다.

당장 처리해야 할 연구 과제와 논문이 쌓여 있다. 그런데 종일 외래 진료를 하다 보면 밤늦게까지 일을 해도 시간이 부족하다. 도저히 시간이 안 되니 연차 휴가를 사용하고 외래 진료를 닫아 놓는다. 그리고 그때 진료 외에 해야 할 일을 처리한다. 그 와중에 입원 중인 환자를 보러 회진까지 나왔다.

환자들은 이미 병동을 통해 담당 의료진의 휴가 일정을 들었던 터라 예상치 못한 교수님의 회진에 놀라는 기색이었다. 그리고 휴가 중에도 자신을 신경 써 주어 고맙다는 말을 전했다.

일하기 위해 휴가를 쓰는 사람이 있다니. 그 뒤로 다른 차원에 사는 듯한 교수님을 신기해하며 한 달을 보냈다. 시간이 무척 빨리 흘렀고 어느덧 달이 바뀌었다. 한 달 동안 수고했다는 의미의 회식(굳이 영어를 써 '페어웰'이라고들 한다)이 잡혔다. 나는 오랜만에 물고기를 맛보겠다며 잔뜩 흥분했다.

그러나 예약해 둔 횟집으로 향하던 교수님 차 안에서 내 입맛은 뚝 떨어져 버렸다. 오디오에서 낯선 여성의 영어가 쉴 새 없이 흘러나오고 있었다. 놀란 날 보고 교수님이 또 씩 웃으며 말씀하셨다.

"놀랐나? 이거 논문이야."

논문을 음성으로 녹음해 둔 파일이었다. 항상 노력하는 모습에 감탄했지만 한편 의구심이 생겼다. 그리고 마음속으로 물었다. 잠깐 숨 돌릴 시간조차 없는 생활이 과연 행복한가요? 그리고 제철 물고기를 먹으러 가는 차 안에서 꼭 논문을 들어야만 했나요. 성실한 사람을 평가 절하 했던 것처럼 나는 그 생활이 행복하지 않을 거라 지레짐작했다. 전공의 시절 편협한 내 생각의 그릇이 그 정도였다. 병원 생활을 답답해했던 내게 일만 하는 사람은 고리타분해 보였다.

시간은 흘러 나는 전공의를 마쳤고, 1년의 일시 정지까지 끝냈다. 전임의 신분으로 일터에 복귀했고 교수님을 다시 만났다. 잔잔한 일상의 소중함을 깨닫고 돌아온 후였다. 매너리즘에 빠지지 않도록 애썼지만 생각한 만큼 잘 되진 않았다. 그러던 중 교수님 파트에 치프로 배정되었다. 전공의 시절 모습이 뇌리에 박혔기에 교수님을 유심히 관찰했다. 교수님은 한결같았다. 정신없이 환자를 보고, 연구하며 논문을 쓰는 일상은 변함없었다. 교수님이 그런 일상을 대하는 마음가짐이 궁금했다.

"교수님. 실례지만 여쭤 볼 게 있습니다."

회진이 끝난 후 조심스레 말을 꺼냈다.

"뭔데?"

"요즘도 휴가 내고 병원에 나오시나요?"

"내가 연차 쓰고 일하는 걸 봤나?"

"네. 전공의 1년차 때 휴가 쓰고 병원에서 일하시는 걸 보고 충격받았습니다."

"뭐 그런 걸 기억하나. 요즘도 바쁘면 가끔 연차는 쓰지."

"힘들진 않으세요?"

"힘들지 않다면 거짓말이지. 힘들지만 노력한 일의 결과물이 나올 때 그 성취감이 좋아. 이 느낌은 그동안 고생한 걸 잊게 할 만큼 좋은 자극이지."

"답답하다고 생각한 적은 없으신지요?"

"병원 생활이 답답했나?"

"병원에 있는 게 답답해서 떠날 생각만 했어요. 쉬는 동안 생각은 조금 바뀌었는데 막상 닥치니 또 쉽지 않더라고요. 실제로 일을 하며 행복한 사람이 있는지 궁금하기까지 합니다."

"답답하다고 생각해 본 적은 없어. 성취감을 느끼자고 고통을 참는 것도 아니고. 남들은 어렵고 지루하다 생각할 수 있지만 내 일을 좋아하려고 노력해. 그러다 보면 재밌기도 하고."

"마지막으로 하나만 더 여쭐게요. 교수님, 행복하세요?"

"행복하지. 힘든 순간도 있는데 병원에서, 내 일을 할 때 행복해. 평생 해야 할 일을 싫어하면 얼마나 불행하겠나."

나는 다른 사람의 존경을 받을 만한 업적을 세우고 성취감을 느끼고 싶지 않다. 그럴 능력도 없다. 더 이상 나를 혹사시키면서까지 일하고 싶지 않다. 맹목적인 노력에 지쳤기 때문이다. 그렇기에 교수님의 생활이 내가 추구하는 삶의 방향은 아니다. 그럼에도 불구하고 교수님의 대답은 내게 "자네가 옳아. 조금 더 해 봐"정도로 들렸다.

일시 정지 하는 동안 생각했다. 내 일과 일상에서 행복할 수 있는 사람이 되고 싶다고. 하지만 맘 편히 여행할 때의 이상과 녹록치 않은 현실의 간극은 컸다. 그러던 중 교수님을 다시 만났다. 현실에서 이뤄질 수 없는 드높은 이상만 키워온 게 아닐까 고민하던 내게 확신을 줬다. 내 일과 일상을 사랑하며 살 수 있다고.

생각을 바꾸니 사람을 바라보는 눈 역시 바뀌었다. 나와 다른 사람을 무시하던 옹졸한 마음이 물러가고 타인을 보는 호의적인 시선이 생겼다. 새삼 교수님이 다르게 보였다. 더 이상 제철 물고기를 향한 내 입맛을 폐기시킨 고리타분한 분으로 기억되지 않을 것이다. 평생 해야 하는 일을 행복하게 해내는 모습이 부러웠다. 배우고 싶었다.

과거의 나처럼 일상을 탈출해야 할 것으로만 생각한다면 여행은 방랑이 되기 십상이다. 답답한 생활이 싫다며 여행을 떠나지만 그곳에서 느끼는 행복은 일시적이다. 다시 돌아온 곳은 고통의 연속이다. 1년 동안 2주도 채 되지 않는 휴가만 바라보며 남은 날을 괴로워하기엔 그 시간이 너무나도 길다.

여행에 과한 의미 부여는 하지 않겠다. 낭만적인 단어로 여행을 포장하며 내가 자유롭고 멋진 사람인 척 꾸미지 않겠다.

나는 일상의 공간에서 일상적으로 행복하고 싶다.

05

불확실함을
인정해 본다면

"우리는 매일매일 불안정하고 불확실한 상황 속에서 살고 있다. 인간은 불확실성의 세계 속에서 산다."

— 《사색인의 향연》, 안병욱

(삼육출판사, 1984)

일시 정지 하는 동안 피부에 가장 가까이 와닿은 배움은 세상에 마음대로 되지 않는 일이 생각보다 많다는 것이다. 여행은 겸손해지는 시간이었다.

떠나기 전 내 생활은 예상한 범위 내에서 흘러갔다. 여느 학생과 다름없이 공부했으며 운 좋게 의대에 입학했다. 6년 동안 학교에 다녔고, 뻔하게도 의사가 되었으며, 큰 무리 없이 평범하게 전문의 시험까지 마쳤다. 놓인 길을 차근차근 밟아 왔고 남들과 다르기를 원하면서도 그 길에서 크게 벗어난 일은 없었다. 사소한 부침은 있었지만 학교와 병원 생활은 어느 정도 예상 가능했다.

그러다 갑자기 잘 가던 길 밖으로 뛰쳐나왔다. 일시 정지를 결정한 것이다. 길을 벗어나자 내 예상과 계획은 무용지물이 되었다. 여행이 길어지고 인적이 드문 곳으로, 알려지지 않은 곳으로 깊게 들어갈수록 내 계획은 마음의 짐만 되었다. 일이 마음먹은 대로 풀리지 않자 조바심이 났다. 기존의 생활 방식을 버리지 못했기에 시간이 충분했음에도 계획에 쫓기는 일이 반복됐다.

여행을 하며 좋은 사람들을 만났다. 한국인도 있었고 외국인도 있었다. 평범한 회사원과 졸업을 앞둔 학생도 있었고 드라마 감독, 댄서, 그리고 도살업자도 있었다. 담배를 피던 천식 환자도 있었고 같이 담배를 피며 다리를 절던 디스크 환자도 있었다. 친구들이 얼마나 좋은 사람인지는 학력, 직업, 국적(어느 한 나라 빼고)과 유의한 연관을 보이지 않았다. 이들을 만난 건 불확실한 길 위였다. 억지로 동행을 구하려 계획하지 않았기에 분에 넘치게 좋은 사람들을 만났다.

다양한 사람을 만나 함께 생활했고, 예상치 못한 일을 경험했다. 그들이 삶을 대하는 태도를 배웠다. 느긋하게 여행을 즐기는 친구를 보며 내 마음 또한 여유로워졌다. 내 생각대로 모든 걸 통제하려는 마음을 내려놓았다. 방황하던 나를 앞으로 끌어 준 건 내 계획이 아니었다. 기대하지 못한 곳에서 불쑥 튀어나온 누군가의 도움이었다.

계획을 내려놓으니 마음이 한결 편했다. 내가 만든 일정은 엉망이 되었지만 즐거운 일이 생겼다. 틀에 박힌 계획보다 예상치 못한 사건이 나를 더 감동시켰다. 내일의 일정은 제쳐 두고 순간의 기분에 집중했다. 여행 경로는 엉망이 되었다. 일정에 맞춰 남미를 여행하다 갑자기 몽골 초원이 보고 싶다며 아시아로 날아갔고, 쥐가오리가 보고 싶다며 아프리카를 떠나 예정에도 없던 남태평양을 찾았다. 순간의 기분에 맞춰 지구를 헤집어 놓듯 돌아다녔다. 갈 수 있는 길이 아닌, 가고 싶은 길을 선택했다.

내가 보편적인 상식이라고 여기던 것들은 나만의 편견에 불과했다. 나를 둘러싼 작은 세상이 돌아가는 규칙이었을 뿐, 키 작은 울타리를 한 발자국만 넘어도 나의 상식은 존재하지 않았다. 작은 울타리 안의 편견으로는 넓은 세상을 예측하고 계획할 수 없다. 여행은 내게 세상에 다른 생각이 셀 수 없이 많다고 알려 줬다. 내가 배운 겸손이다.

여행뿐 아니라 일상 역시 내가 원하는 대로 흘러가지 않는다. 뭐든 원하는 대로 이루어졌던 어릴 적 패기와 자신감은 줄어들고 마음대로 되지 않는 것이 늘어난다. 내 짧은 경험과 좁은 식견으로 오지도 않은 미래를 생각하고 계획을 세워 봐야 그대로 이루어질 가능성은 크지 않다. 최선을 다해 계획했던 것일수록 더 큰 낙담과 불쾌함을 안겨 줄 뿐이다. 이제 뭐든지 예측하고 계획하려는 마음을 내려놓으려 한다. 뜻대로 되지 않는다고 상심하지 않겠다. 그럴 수도 있다. 괜찮다.

내려놓기 위해 감내할 것이 있다. 불확실성이다. 대부분 사람은 확실하고 안정적인 앞날을 원한다. 나 역시 그랬다. 불확실한 미래는 참기 어렵다. 당장 눈앞의 사건, 사고보다 불확실한 미래가 훨씬 더 껌껌하고 불안하다. 어디서 튀어나올지 모르는 변수를 통제하고 조금이라도 확실한 앞날을 계획하기 위해 끝없이 고민한다. 하지만 삶은 그 자체로 불확실하다. 아무리 준비해도 예상하지 못한 일은 터져 나온다. 그렇다면 본질이 불확실한 것을 통제하려 애쓰기보단 예기치 못한 상황에 유연하게 대처하는 법을 배우는 게 낫지 않을까. 나는 그렇게 생각한다.

확실한 것을 원할수록 생활은 지루해진다. 새로운 내일이 와도 벌어질 일은 예상 범위 내의 뻔한 것들이다. 내게는 미션을 수행하듯 계획했던 일이 진행되는 것보다 예측하지 못한 일이 생길 때의 즐거움이 더 크다. 불확실이 주는 불안을 감당하고 익숙한 것으로 받아들일 수 있다면 삶은 한층 다채로워질 것이다. 생각대로 되진 않겠지만, 생각지도 못한 일이 나를 즐겁게 할지 모른다.

계획이 없다고 별생각 없이 나태하게 지내는 건 아니다. 짧은 경험으로 얻은 내 생각이 모든 세상에 통하는 법칙인 양 오만하게 굴기 싫을 뿐이다. 멋진 확신으로 가득 찬 길을 걷고 싶진 않다. 어처구니없는 실수를 하고, 기가 죽을 때도 있다. 하지만 실수는 경험이 되어 나를 더 나은 사람으로 발전시킬 것이다. 불확실성을 인정하고 즐기려 한다.

나는 예술 작품 감상에 필요한 교양이 한참 부족한 사람이다. 그래서 마음에 드는 작품이 하나 생기면 유난을 떤다. 부족한 교양을 들키기 싫어서인지 알은체를 하고 싶다. 그렇다. 지적 허영심이다. 거북하시겠지만 이 자리를 빌어 잠깐 허영심을 뱉어 보겠다. 재수 없다고 욕하지 마시라.

독일의 낭만주의 화가 프리드리히의 '안개 바다 위의 방랑자'라는 그림이 있다. 바다처럼 자욱한 안개와 가파르게 솟은 바위산, 그리고 이 풍경을 응시하는 남자의 뒷모습이 보인다. 그림을 가만히 보고 있자면 나는 어느새 그림 속 방랑자가 되어 장엄한 풍경을 맞이한다. 누군가는 물러서지 않겠다는 강한 집념과 의지를 보고 다른 누군가는 자연 앞에 선 작은 인간의 고뇌와 두려움을 본다. 이런 거창한 가치에 별 관심 없는 내 눈에는 뿌연 안개의 바다가 들어온다.

자욱한 안개가 상상력을 자극한다. 힐끗 보이는 봉우리는 눈앞에 뚜렷이 보일 때보다 더 장엄하고 신비롭게 보인다. 불확실하기에 매력적이다. 예측 불가능한 것이 나를 기대하게 만든다.

내 눈앞의 안개를 애써 걷어 내지 않으려 한다.

06

그럼에도
해내야 하는 일

일시 정지 전에는 내가 맡은 일을 진중하게 고민한 적이 없었다. 당장 눈앞에 놓인 업무만 마지못해 해치웠다. 자기 만족은 일이 아니라 병원 밖을 나서야 얻을 수 있는 것이었다. 그러던 중 운 좋게 쉬는 시간을 만들었고, 뒤늦게나마 내가 해야 할 일의 가치와 의미를 생각했다.

직장에서 퇴사하고 일상에서 멀어진 후 일이 나에게 어떤 의미로 다가오는지 생각했다. 현실에 거리를 두고 나서야 이 고민을 시작할 수 있었다는 게 못내 아쉬웠다. 일상 속에서 충분히 고심하고 일의 가치를 깨달았다면 조금 더 좋은 의사가 됐을 것이다. 진통을 겪고 굳이 쉬어 갈 필요도 없었겠지. 그래도 아직 늦지 않았다. 잘못은 지금이라도 바로 잡으면 되니까. 마지못해서가 아니라 진심으로 일을 잘해 보고 싶다.

쉬는 동안 의욕을 채우고 일상으로 돌아왔다. 하지만 현실은 내 생각만큼 그리 이상적이지 않았다. 잔뜩 긴장해 정신없이 하루를 보내고 나면 나는 이전과 별반 다르지 않은 모습으로 돌아왔다. 쌓인 일을 어떻게 하면 조금이라도 줄여 볼 수 있을지, 빨리 끝내고 쉴 수 있을지 생각했다.

한국에 돌아와 다시 여기저기 치이던 내게 지난 여행은 시원한 바람이었다. 틈만 나면 컴퓨터 화면에 지도를 띄웠다. 1년 전 바로 그날 나의 두 발로 걸었던 곳을 머릿속에 그렸다. 그러다 보면 그곳에서 느꼈던 감정과 생각이 머릿속에 떠올랐다. 창문을 열고 먼지 가득한 방을 시원한 바람으로 환기하는 느낌. 다시 전으로 돌아가려던 나를 붙잡고 멈춰 세웠다.

일시 정지 후 가장 먼저 결정한 건 교수 자리를 욕심내지 않기로 한 선택이다. 떠나 있는 동안 내게 즐거움을 주는 일과 그렇지 않은 일, 내가 잘하는 것과 소질이 없는 것을 구분해 냈다. 안타깝게도 내게는 의학 발전에 기여할 만큼 훌륭한 재능이 없다. 업적을 쌓으며 느낀다는 성취감은 내 흥미를 끌지 못했다. 후학 양성은 관심도 없었다. 대학원 학위를 위해 억지로 시작한 논문 작업은 지난 일에 미련 두지 않는 내가 후회한 몇 안 되는 일이다. 과정이 즐겁지 않았다. 내 능력은 여기까지라는 매우 소중한 깨달음을 얻었다. 재능이 없는 일에 욕심을 부리는 것만큼 괴로운 일은 없으니 어찌 보면 다행이다. 내 길이 아님은 자명했다. 더 이상 내가 즐겁지 않은 일을 참아 가며 타인의 인정을 얻고 싶지 않았다. 교수 보직에는 안정적인 급여와 여러 가지 복지 혜택이 보장된다. 솔직히 말해 욕심이 아주 없지는 않다. 자존감이 낮은 사람일수록 자신을 과시하는 데 열을 내듯 타이틀을 자랑해 보고 싶은 것도 사실이다. 하지만 능력 없는 내가 그 자리를 차지한다 한들 자원 낭비가 될 것이 확실하다. 한정된 자원은 올바르게 사용될 곳에, 나보다 뛰어난 능력을 가진 이에게 쓰여야 한다. 불필요한 욕심은 빨리 버렸다.

동시에 내가 잘해 낼 수 있는 일도 찾았다. 부족한 능력에도 불구하고 나는 의사로 일할 수 있는 행운을 얻었다. 나 아닌 다른 사람에게 도움을 줄 수 있는 행운을. 다른 직업 역시 각자의 방식으로 누군가를 돕지만 의사의 도움은 매우 직접적인 편이다. 예를 들어 검사, 또는 경찰을 생각해 보자. 이 직업은 법을 수호하여 정의를 구현하고 궁극적으로 건강한 사회를 만드는 데 기여한다. 하지만 이 과정에서 상대해야 할 사람은 도움을 받는 대상이 아니라 처벌해야 할 누군가이다.

"형이 돈 없다 그래서 패고, 말 안 듣는다 그래서 패고, 어떤 애는 얼굴이 기분 나빠, 그래서 패고, 그렇게 형한테 맞은 애들이 사열종대 앉아 번호로 연병장 두 바퀴야"라는 긴 영화 대사까지 외우며 반짝반짝한 눈으로 경찰을 바라본 시절이 있었다. 하지만 나는 검사나 경찰을 직업으로 가진 분들처럼 숭고한 이상을 지니기에는 그릇이 작은 사람이다. 눈앞에서 환자를 마주했음에도 내 일의 가치를 모르고 한참을 보냈던 나다. 건강한 사회를 만드는 데 이바지한다는 보일 듯 보이지 않는 큰 뜻을 품고 일을 하기는 어려울 거라 생각했다. 내 작은 그릇이 이 정도다. 반면 내 앞에 서 있는 사람들에게 눈에 보이는 직접적인 도움 정도는 줄 수 있을 것 같다.

환자에게 도움이 되는 사람이 되기로 했다. 의사라면 시작부터 가졌어야 할 뜻을 나는 한참을 헤매고 나서야 찾게 되었다. 분수에 맞지 않는 큰 뜻을 품기보다 지금 내가 할 일에 충실하기로 했다. 내가 도움을 줄 수 있는 사람이란 사실에 조금이나마 자부심이 생겼다. 내가 오늘 성실하게 일하면 누군가는 더 행복해지겠지.

내 노력의 결과를 확인하는 데 오랜 기다림은 필요치 않다. 애써 고민하여 치료를 시작한 환자의 경과가 하루 이틀 만에 호전될 때면 어디에도 비할 수 없는 보람을 느낀다. 도움은 치료에만 국한되지 않는다. 약해진 환자에게 따뜻한 말 한마디를 건네 위로가 되어 주기도 한다.

내 행위가 어떤 결과를 초래할지 예측하기는 쉽지 않다. 매번 옳은 결정을 할 순 없겠지만 매순간 그들을 위한다는 마음을 지니고 행동하기로 했다. 나아가 정확한 도움을 줄 수 있는 실력을 키우고 싶었다. 정확한 진단을 해내는 사고, 올바른 처치를 행할 수 있는 지식을. 일을 제대로 하고 싶은 동기가 생겼다. 과거 나를 앞으로 내몰던, 타인의 인정을 위한 맹목적인 목표는 아니다. 쓸모 있는 사람이 되기 위해 스스로 생각한 내 욕구다. 내가 세운 올바른 동기가 좋은 결과를 이뤄 낼 수 있도록.

환자의 행복을 보장해 줄 수 있는 사람이 되기를 바란다. 그들이 사랑하는 가족 곁에 조금 더 오래, 그리고 좋은 모습으로 머물게 하고 싶다. 환자를 수단으로 보지 않겠다. 새로 배운 치료를 시도해 볼 만한 대상으로, 좋은 논문을 쓰기 위한 데이터로 보지 않겠다. 어쭙잖은 지식은 접어 두고 환자의 말에 귀 기울이고 싶다. 치료와 생존만을 목표로 하지 않고 덧없는 싸움을 이어 가는 환자에게 위로와 안식을 주는 사람이고 싶다.

내가 놓쳤던 것들이다. 내가 앞으로 해내야 할 일이다.

07

병보다
먼저 사람을 본다

내가 해야 할 일은 환자의 건강을 지키는 것에 국한되지 않는다. 때에 따라서는 그보다 더 중요한 일이 있다. 사람의 의지로 어쩔 수 없는 죽음은 반드시 찾아온다. 막을 수 없다면 환자가 처한 상황을 정확히 인지하도록 돕고, 차분히 삶을 잘 정리할 시간을 만들어 줘야 한다.

부모님은 지인이 내가 일하는 병원의 진료를 받을 때면 항상 전화를 하신다. 연고지를 떠나 이곳까지 올 정도면 말기 암으로 투병 중인 경우가 많다.

"상태가 심각하다고 들었다. 얼마나 절박하면 서울까지 올라갔겠냐. 연고도 없는 곳에서 힘들 테니 가서 위로되는 말이라도 한마디 전해 줘라."

한 달에 한 번 정도는 꼭 이런 연락이 온다.

"아들, 잘 지내냐?"

"이번엔 어떤 분이에요?"

"아니, 아들 잘 지내는지 궁금해서 전화해 봤다."

"솔직히 말씀하세요."

"…아빠랑 아주 잘 아는 분인데 말이다."

신경 쓰시는 지인이 어찌나 많은지 이렇게 대꾸하곤 했다.

"들어 보니 사정이 아주 안타깝다. 너 바쁜 건 알지만 꼭 찾아가서 도와줘라."

물론 내 지인의 연락도 꽤 잦은 편이다.

"야, 아는 사람이 너희 병원에서 수술받고 싶다는데 추천해 줄 만한 교수님 계시냐?"

"유명하고 경험 많은 교수님을 원하면 A 교수님, 친절하고 젊은 교수님을 원하면 B 교수님께 가 보라그래."

"별 기대는 안 한다만 네가 수술 일정도 당겨 줄 수 있냐?"

"물론 아니지."

친구들은 나에게 딱 적당한 기대를 가지고 있다. 이들의 연락이 주로 추천과 부탁인 반면 부모님의 연락은 대개 환자의 사정이 딱하니 만나 뵙고 얘기 좀 잘 들어 주고 오라는 식이다. 먼 길 찾아간 환자가 병에 대해 이해를 못 했다면 네가 자세히 설명을 좀 해 달라는 말도 잊지 않는다.

병원에 돌아와 첫 봄을 맞이할 때였다. 찬 바람이 물러가고 벚꽃이 필 무렵, 아버지로부터 전화 한 통이 걸려왔다.

"아빠와 아주 친한 분이 너 일하는 곳에 곧 입원한다. 정말 열심히 살았던 분이시다. 간암으로 벌써 세 번째 입원하는데, 이제 너도 한국에 들어왔으니 찾아가서 얘기를 좀 나누고 와라."

이목구비가 뚜렷한 얼굴에 호방한 웃음이 인상적인 환자분이었다. 연고지 병원에서 10센티미터 크기의 간암을 진단받고 남은 시간이 얼마 없다는 의사의 소견을 들은 환자는 절박한 마음을 가지고 서울로 올라왔다. 그 후 이곳에 입원하여 경동맥 화학 색전술을 수차례 시행 받았다. 절제나 이식으로 완치가 어려운 간암은 대개 두 달 간격으로 같은 시술을 반복한다. 전신 항암 요법의 반응이 썩 좋지 않은 간암 환자에게 시행되는 치료다. 내가 환자를 처음 만난 건 색전술을 이미 두 차례 받고 세 번째 입원을 하는 때였다.

환자는 암으로 투병 중이라 생각하기 어려울 정도로 밝은 얼굴이었다. 첫 만남에 날 반겨 주던 모습은 오랜만에 찾은 고향의 어른을 뵈는 듯했다. 간암은 치료에 반응을 보였다. 위험을 무릅쓰고 색전술을 시행한 보람이 있었다. 항암제가 간암 세포를 파괴하고 남은 그 자리를 주입한 조영제로 채웠다. 이후에도 시술은 계속됐다. 구역질과 복통, 고열 등 시술에 동반되는 부작용이 있었지만 환자는 항상 옆을 지켰던 배우자와 함께 이겨 냈다. 오래 버티기 힘들 거라던 첫 진단 시기에 비해 상황은 희망적이었다. 하지만 그렇다 한들 완치가 불가능한 암이라는 사실에는 변함이 없었다.

나는 종종 환자를 찾았다. 바쁘다며 핑계를 대곤 했지만 아침 회진 시작 전 시간이 날 때면 가끔 찾아뵙고 인사를 나눴다. 그럴 때면 아침은 먹고 일하냐며 걱정스런 말과 함께 간단한 요깃거리를 생겨 주셨다. 어느덧 해가 바뀌고 색전술은 열 번 넘게 시행됐다. 치료 성적은 비교적 좋은 편이었지만 앞으로의 예후는 그리 밝지 않아 보였다. 잘 조절되던 암은 슬슬 커질 기미를 보였고, 시술할 때 사용하는 조영제 때문에 콩팥 기능이 악화됐다.

현 시점의 상태와 앞으로의 예후를 정확히 인지할 필요가 있었다. 서로가 웃으며 듣기 좋은 애기만 나누면 안 된다고 생각했다. 환자가 남은 시간을 소중히, 의미 있게 보내길 바랐다. 여태껏 내가 봐 온 환자는 현실을 받아들이고 나아갈 용기를 가진 분이었다. 그래도 물론 조심스러웠다. 환자가 어떻게 이해할지, 내 말이 환자에게 진정 도움이 될지 고민했다. 그리고 나 역시 불편함을 감수하고 용기를 냈다.

"조금 불편한 얘기를 드리려고 하는데… 괜찮으세요?"

"그럼요. 다 말씀해 주세요."

"현재 몸 상태는 어느 정도 알고 계세요?"

"자세히는 몰라요. 그냥 병원에서 치료하는 대로 따라갈 뿐이에요. 그런데 확실히 몸이 이전 같지는 않네요."

"지금까지는 조절이 잘 됐어요. 하지만 암은 여전히 남아 있고… 앞으로 악화될 가능성이 높아 보여요. 콩팥 기능도 계속 안 좋아지고 있어 걱정이에요."

"요즘 컨디션이 좋지 않아 어느 정도 생각은 하고 있었습니다."

환자는 덤덤하게 말했다.

"언젠가 치료에 반응하지 않을 때가 올 거예요. 앞으로 어떻게 지내실지도 천천히 생각해 보시면 좋겠어요."

"생각은 하고 있는데 쉽지가 않네요. 가끔 예민해질 때도 있어요. 얼마전 돌아가신 어머니 묘에도 다녀왔어요."

조심스레 내 생각을 말했다.

"저는 오래 사는 것도 중요하지만 주어진 시간을 잘 보내는 게 더 중요하다고 생각해요. 제 생각에 환자분은 여태까지 그 시간을 잘 보내신 거 같고요."

"고마워요. 저도 선생님 생각에 백 프로 동의해요."

환자가 고개를 끄덕이며 말했다.

"암은… 더 진행될 거예요. 힘드시겠지만 앞으로 어떤 치료까지 받을지도 생각해 보시는 게 좋을 거예요."

"연명 치료 말씀하시는 거죠?"

입 밖으로 내기 어려워 에둘러 표현한 말에 환자가 바로 답했다.

"그건 받을 생각 없어요. 선생님 말대로 너무 욕심 부리지 않고 남은 시간 잘 보낼 거예요."

환자는 앞으로 벌어질 일을 누구보다 잘 알고 있었다. 내가 굳이 더 해 줄 얘기도 없었다. 본인의 의지가 확고했고, 나도 그 생각에 전적으로 동의했으니까.

이후에도 색전술은 계속됐지만 상황이 달라졌다. 시술을 할 때마다 환자는 고열로 힘들어했고 전신 상태 역시 악화되었다. 처음 만날 때와 같은 환한 미소는 찾기 힘들었다. 암이 다시 커졌다. 결국 간에만 존재하던 악성 종양은 근처 장기로 퍼지기 시작했고, 척추뼈에서 전이로 의심되는 병변이 발견됐다.

시술로 인한 부작용, 환자가 겪는 고통을 고려했을 때 색전술은 더 이상 의미가 없다고 판단했다. 경구 항암제를 잠

시 사용했지만 역시 큰 효과를 기대할 수 없기에 금세 중단
했다. 그러는 사이 콩팥은 완전히 망가졌다. 환자가 호흡 곤
란과 구역감으로 힘들어한다는 얘기를 듣고 응급실로 내원
하도록 연락을 드렸다.

투석이 필요한 시점이었다. 응급실에 근무 중인 후배에게
투석 준비를 하도록 연락한 후 환자를 찾아갔다. 그리고 누
워 있는 환자 옆 보호자 간이 침대에 걸터앉았다.

"힘드시죠?"

"그러게, 이번에는 힘이 좀 드네요."

"요독 증상이에요. 응급실에서 투석을 하면 증상은 조금
나아질 거예요."

"…"

"전에 우리 했던 얘기들 기억하시죠?"

"그럼요. 너무 욕심부리지 않을게요."

"연명 치료에 대한 생각은 변함없으세요?"

"그 생각도 똑같아요. 연명 치료는 받을 생각 없어요."

이전의 호방한 웃음은 사라졌지만 환자의 말 한마디마다
의지가 가득 담겨 있었다. 마지막이 가까워 올 때 환자는 이
미 결정을 내렸다. 자신을 위해서. 그리고 남겨진 가족을 위
해서. 이게 우리의 마지막 만남이었다.

어느 날 아침 일어나 보니 문자 한 통이 와 있었다. 투석을 시작한 후 한 달 정도 지난 시점이었다. 환자 상태가 좋지 않아 다시 응급실로 가고 있다는 연락이었다. 뒤늦게 문자를 확인하고, 곧 직접 가 보겠다고 답장을 했다. 그리고 곧 환자의 딸에게 문자가 왔다.

－선생님. 아버지, 오늘 새벽에 응급실에서 돌아가셨어요. 남겨진 가족들 고생하지 않게, 저희 아빠 멋지게 투병 생활 하셨어요. 마지막 순간은 평안했어요. 아빠, 엄마께서 선생님 많이 의지하셨어요. 그간 큰 도움 감사합니다.

가족들에게 심심한 위로를 선했다. 가족들도 알고 있었다. 누구보다 용감하게 투병 생활을 했다는 걸. 내게 말했던 것처럼 환자는 생전 가족들에게도 연명 치료에 대한 생각을 충분히 표현했다고 한다.

그러나 마지막은 예기치 못한 순간 찾아온다. 이때가 되면 삶에 대한 결정권자는 자신이 아니라 옆에 있는 보호자가 된다. 보호자는 짧은 순간 큰 결정을 해야 한다. 미처 떠나 보낼 준비를 하지 못한 순간, 조금 더 옆에 머물렀으면 좋겠다는 욕심을 버리고 환자의 생전 의사를 존중하기는 쉽지 않은 일이다. 환자는 기도 삽관을 받고 기계 호흡을 시작했다고 한다. 승압제를 사용했지만 혈압은 잡히지 않았고, 곧 심폐 소생술이 필요한 시점이었다. 하지만 보호자는 환자를 편안히 보내 드리길 원했다고 한다. 환자의 생전 의사를 존중한 것이다.

환자의 투병 과정, 그리고 마지막 순간까지 내가 통제할 수 있는 건 없었다. 암은 진행됐으며 이는 사람의 노력으로 막을 수 있는 게 아니었다. 나는 아무것도 해 주지 않았다. 그저 환자가 용기 있게 투병 생활을 하는 걸 지켜봤을 뿐. 이게 내가 해야 할 일이었다.

환자에게는 현실을 부정하지 않고 받아들일 용기가 있었다. 삶의 끝에 있다는 사실을 인지하고 투병 생활을 했다. 내가 아니었더라도 환자는 남은 시간을 잘 보냈을 것이다. 힘든 시간 잠깐이나마 내가 의지할 수 있는 사람이었기를, 우리가 했던 얘기가 남겨진 시간을 정리하는 데 조그만 도움이라도 됐기를 바란다.

환자에게 아무것도 해 줄 수 없는 순간은 생각보다 많다. 별 고민없이 앞만 보고 지냈던 나는 전공의 시절 이 순간을 마주하고 진통을 겪었다. 내가 실패했다고 생각했다. 그리고 멈춰 섰다. 돌아온 지금 내가 어떤 일을 해야 할지 조금 알 것 같다.

병이 아니라, 사람이 보였다.

08

성실하고 싶은
의사

"사람들은 성실함의 미덕을 과소평가한다. 위대한 성취의 이면에 항상 자리하는 것이 바로 이 성실한 자세다. 동시에 위험 부담이 크고 중대한 소임을 맡은 사람들이 가장 등한시하는 문제이기도 하다. (…) 숭고한 목표를 한꺼풀만 벗기면 거기에는 화려함과는 거리가 먼 고되고 불분명한 노동이 자리하고 있다. 원대한 꿈이 세세한 주의를 기울이는 근면성을 만났을 때 성취될 수 있다."

— 〈어떻게 일할 것인가〉, 아툴 가완디
(웅진지식하우스, 2018)

잠시 쉬어 가는 동안 내 일의 의미를 다시 생각하며 도움이 되는 사람이 되고자 했다. 그제야 해야 할 일을 알게 됐다. 잘 해내고 싶었다. 그렇다면 어떻게 더 잘할 것인가. 방법과 수단을 생각했다. 옳은 마음가짐에 걸맞는 방법이 있어야 할 것이다.

내가 내린 결론은 성실함이었다. '성실'이란 단어는 고리타분한 단어였다. 내가 그렇지 못했을 뿐 아니라 그들을 보고 있으면 답답했다. 성실한 사람을 평가 절하했다. 내가 중요하다고 판단한 일(내 기준이었을 뿐 실제로 그렇지 않은 경우도 많다)을 빠르게 처리하는 게 목적이었지 작은 일에는 관심을 두지 않았다. 그러다 보니 사소하다고 여겨 놓쳤던 일이 큰 사건이 되어 돌아오는 경우도 있었다.

보스턴의 브리검 여성 병원의 외과 의사, 아툴 가완디는 저서 〈어떻게 일할 것인가〉에서 성실함의 미덕을 말한다. 이 책에는 소아과 의사 바트나가르의 소아마비 퇴치 캠페인이 소개된다. 세계보건기구(WHO) 소속이었던 그는 근절되던 소아마비 바이러스가 2003년 인도 남부 지방 카르나타카 주에서 새롭게 발생했다는 보고를 받는다. 결국 이 지역에 바이러스 소탕을 위한 대규모 작전이 시작된다.

바트나가르는 소아마비 소탕 작전을 관리 감독하는 책임자였다. 하지만 그의 역할은 책상 앞에 앉아 지시하는 것에 그치지 않았다. 쓰레기로 뒤덮인 곳을 본인의 두 발로 뛰며 일했다. 빼곡히 들어선 흙집을 직접 찾아다니며 주민들에게 예방 접종을 받았는지, 캠페인에 대해 아는 바가 있는지 물었다. 현장에서 근무 중인 접종팀을 만나 백신의 상태를 하나하나 살피고 그들이 올바른 지식을 가졌는지 확인했다. 백신을 운송하기 위한 차는 몇 대인지, 감독관은 몇 명인지, 주민의 인식 개선을 위한 교육은 어떻게 이뤄지는지 꼼꼼히 체크했다. 냉장 상태를 유지해야 하는 백신 보관을 위해 발전 시설은 어떻게 돌아가는지, 구동 가능한 비상 발전기가 있는지 확인했다. 시소한 일 하나 대충 넘어가는 법이 없었다.

소아마비를 근절시키기 위한 노력은 성공만 한다면 후손에게 큰 선물이 될 것이다. 하지만 이 땅에서 바이러스를 완전히 없애기 위해서는 마지막 한 명까지 공을 들여야 한다. 여차하면 그간 들어간 자금과 피나는 노력이 수포로 돌아갈 수 있다.

바트나가르는 원대한 꿈을 위해 성실하게 일한다. 관리자에게 맡겨진 일뿐 아니라 사람들이 신경 쓰지 않는 사소한 일까지 직접 수행한다. 누가 해야 할 업무인지는 중요하지 않았다. 신념을 품고 진정한 책임자가 되어 행동했다. 이상을 이루기 위해 그는 다른 사람이 하찮다고 생각하는 일부터 시작했다. 의지를 가지고 성실하게 목표에 한 걸음씩 다가갔다.

바트나가르의 성실함과 팀원들의 의지는 결국 인류에게 큰 선물을 안겼다. 2019년 전 세계의 소아마비 환자는 174명이었으며 이는 아프카니스탄, 파키스탄 두 나라에서만 발생했다. 백신 변이형 바이러스 감염은 367건이었으며 대부분 아프리카 국가에서 발생하였다. 바트나가르가 프로젝트를 펼쳤던 인도에서는 2011년을 마지막으로 소아마비 환자가 보고되지 않았다.

성실함은 소아마비 바이러스 퇴치 같은 거창한 계획을 실행할 때만 중요한 덕목이 아니다. 생명을 다루는 의사의 중대한 책임을 생각할 때 나 역시 반드시 가져야 할 덕목이다. 여행을 끝내고 주위를 돌아보니 내 옆에도 본받아야 할 사람들이 이미 많이 있었다. 그동안 내가 몰랐을 뿐.

대구 사투리를 맛깔나게 쓰는 교수님이 있다. 전공의 시절 이 교수님 파트에 배정되면 이번 한 달도 고생이겠구나, 라며 한숨을 쉬었다. 매우 꼼꼼했기 때문이다. 뭐 하나 그냥 넘어가는 게 없었기에 환자 파악을 배로 해야 했다. 투여 중인 약물의 용량, 속도뿐 아니라 전해질 농도까지 매우 세세하게 조절해야 했다. 그만큼 일하는 데 많은 시간이 필요했다. 회진은 하루에 두 번. 토요일, 일요일, 휴일도 거르지 않고 매일 나와 회진을 도셨다. 주말을 여유 있게 보내고 싶다는 생각은 감히 하지도 못했다. 술자리에서 누구보다 유쾌하게 전공의들의 얘기를 들어 주던 교수님은 병원에선 딴 사람이었다. 마스크를 낀 채로 표정을 내비치지 않았고 항상 차가운 말투를 유지했다. 집중력을 잃지 않기 위해 환자 외 다른 얘기는 일절 하지 않으셨다. 최근 전공의 근무 시간 제한(주말 중 하루는 쉬어야 하며 주당 근무 시간이 88시간을 초과할 수 없다는 법. 나 때는 이런 거 없었다며 구질구질하게 얘기하고 싶지만 참겠다) 이 생긴 뒤로는 이틀 없이 혼자 회진을 도신다고 한다.

누구보다 성실하게 환자를 돌봤기에 교수님은 당당했다. 환자의 경과가 좋지 않아 의사, 간호사 가리지 않고 욕을 해 대던 보호자도 교수님 말씀은 절대적으로 따랐다. 휴일에도 쉬지 않고 나와 성실하게 일하는 교수님을 환자와 보호자는 믿고 따를 수밖에 없었을 것이다. 누구보다 열심히 연구하고 이미 많은 성과를 냈음에도 환자를 보는 성실한 태도는 여전했다.

교수님뿐 아니라 내 바로 옆에도 묵묵히 맡은 일을 하던 동료들이 있었다. 그때는 내가 어려 성실한 동료들이 얼마나 멋진 사람이었는지 몰랐다. 나는 그저 자유로운 게 멋지다고 생각한 철없는 쪼다였다. '큰일만 빨리 잘하면 돼. 작은 일은 대충해도 괜찮아'라는 생각을 하고 지냈던 것 같다. 하지만 작은 일도 제대로 못 하는데 큰일은 어떻게 해낼까. 더군다나 내 능력으로는 어떤 일이 중요한지 가늠하는 것조차 쉬운 일이 아니었는데 말이다.

내가 그 일을 충분히 해내기 위해 가져야 할 태도가 성실함이었다. 더군다나 사람의 생명을 다룬다는 큰 책임을 생각하면 더더욱 사소한 일 하나도 놓쳐선 안 된다. 큰일만 잘 처리하겠다는 마음은 접어 두기로 했다. 환자의 건강을 생각할 때 효율은 선택지에 없다. 내가 저지르는 불성실은 단순히 태도의 문제로 끝나지 않는다. 항상 성실해야 한다.

전공의 시절 나를 대체 가능한 의사는 얼마든 있다는 자조 섞인 생각을 했다. 이제는 책임감이 생기고 생각은 변했다. 의사와 환자로 관계를 가진 순간부터 나를 대체할 사람은 없다. 내가 따뜻한 마음을 가지고 더 노력하면 누군가의 하루가 조금 더 나아지겠지.

하지만 드높은 이상은 현실 앞에서 어느새 고개를 숙이고 만다. 성실한 태도는 아직도 내가 잘 하지 못하는 수많은 것 중 하나다.

"내가 이런 잡일까지 해야 해?"

가끔 습관처럼 내뱉던 말이다. 참 재수 없고 부끄럽다. 처리할 일이 쌓여 버거울 때면 또다시 별일 아닐 거라며 사소한 문제를 지나치고 만다. 30여 년간 지녔던 태도는 한순간 사라지지 않는다. 다만 이제는 그 순간 성실하지 못한 내 모습을 인지할 수 있다. 반성하고 또 반성한다. 그리고 경계한다.

나는 맹목적으로 공부했고 그저 좋은 직업을 갖고 싶어 의사가 됐다. 부끄럽게도 진작했어야 할 고민을 나는 의사가 되고도 한참을 보낸 후에야 시작했다. 그리고 그 성실에의 성장은 지금도 계속되는 중이다.

09

비움으로 채워지는
나의 보통날

"나는 행복했고 행복하다는 사실을 알고 있었다. 우리는 밤늦게까지 불 옆에 앉아 있었다. 행복이라는 건 포도주 한 잔, 밤 한 톨, 허름한 화덕과 바닷소리처럼 단순하고 소박한 것이라는 생각을 했다. 다른 건 필요하지 않았다. 지금 이 순간이 행복하다고 느끼는 데 필요한 것은 단순하고 소박한 마음이 전부였다."

— 〈그리스인 조르바〉, 니코스 카잔차키스

(더클래식, 2015)

이따금씩 아무것도 하지 않는 주말이면 정체 모를 꺼림칙한 기분이 들었다. 주말까지 병원에 남아 있는 걸 싫어했지만 가끔 당직 스케줄이 꼬여 밖에 나갈 의욕마저 사라질 때가 있다. 그럴 때면 이번 주말에는 온종일 잠만 잘 거라고, 최선을 다해 아무것도 하지 않을 거라며 주말을 기다렸다. 하지만 막상 아무것도 안 하고 병원 기숙사에 누워 있자면 금세 무료함을 느꼈다. 몸은 쉬고 있지만 기분은 찝찝했다. 미뤄 둔 일을 하든, 공부를 하든, 친구를 만나든 뭐라도 해야 한다며 누워 있던 몸을 다시 일으키곤 했다. 쉬는 순간조차 무언가 해야 한다는 강박. 고단한 생활이었다.

항상 분발하라는 구호는 내가 어렸을 때부터 배운 것이다. 텔레비전과 책에선 밑바닥부터 시작해 성공을 쟁취한 사람의 이야기가 쉴 새 없이 흘러나왔다. 게을러서는 안 된다. 현실에 안주해서도 안 된다. 그 사람들에 비하면 내 형편은 괜찮은 편이니 더욱 노력하라 했다. 나는 주위에서 들려오는 이야기를 그대로 받아들였다. 이 말은 어느새 내가 선택한 기준이 되었다. 쉬는 날이면 '지금 이럴 때야?', '뭐라도 해야 하는 거 아니야?'라고 말하는 내가 되었다. 나를 앞으로 더 앞으로 내밀던 사회가 문제였을까? 누군가 탓하고 싶었지만 이내 접었다. 순전히 내 선택이었으니까.

지금이 아닌 시간, 여기가 아닌 다른 곳이라면 행복할 수 있을 것 같다. 그것은 다가올 미래에 대한 기대일수도, 그때가 좋았다며 떠올리는 과거의 추억일 수도 있다. 나의 경우엔 얼마 안 되는 휴가와 여행을 기대하며 살았다. 병원이 아닌 곳에서는 어디든 행복할 것 같았다. 하지만 그 어떤 시간과 장소도 항상 다른 것을 꿈꿨던 나의 기대만큼 행복하진 않았다. 여행은 현실로부터 탈출구가 되었을 뿐이다.

일시 정지 하는 동안 혼자만의 시간이 참 많았다. 혼자 있고 싶다며 잘 다니던 일행에게 갑작스러운 안녕을 고한 적도 있었고 사람을 만나기조차 어려운 외진 곳에서 대화를 나눌 누군가를 찾은 적도 있었다. 혼자만의 시간을 여유롭게 즐겼지만 30여년간의 습관 때문인지 가끔은 삐그덕댔다. 불안은 주로 혼자 있는 나를 찾아왔다.

꿈에 그리던 훈자 마을에서도 어김없이 반갑지 않은 녀석이 다가왔다. '여기서 뭐 해?' 내 자신에게 던진 질문에 답할 수 없었다. 아무것도 하고 있지 않았으니까. 일어나면 하늘을 보고, 구름을 좇고, 계곡의 물 흐르는 소리를 듣는 게 전부였다. 30년 동안 나에게 무언가 한다는 것은 곧 미래에 영향을 주는 일이었다. 생산적인 일 또는 쓸모 있는 일 따위의 단어로 설명할 수 있는 것들. 항상 오지 않은 미래만을 우선 바라봤다. 일시 정지 하기 전에는 내게 올 리 없던 훈자에서의 일상을 꿈꿨고, 훈자에 도착해선 다가올 미래를 생각했다. 지금, 여기가 아닌 다른 곳을 꿈꾸는 생각의 습관은 나를 쉽게 놓아주지 않았다.

다행스럽게도 이런 고민을 하던 시간은 한국에서의 속도에 휩쓸리던 때가 아니었다. 일에 치어 골골대는 생활 중이었다면 영문도 모른 채 찝찝함만 느꼈을 것이다. 잠시 정지했던 시간 동안 불안은 아무 이유 없이 나를 찾아왔다. 낯설고 두려웠지만 피하지 않았다. 애써 생각해 낸, 해야 할 것들로 시간을 보내며 회피하지 않았다. 익숙한 과거의 행태를 반복하지 않았다. 불안을 있는 그대로 받아들였다. 그때의 나는 불안을 수용할 준비가 되어 있었다.

그제야 비로소 부족한 내 자신을 바라볼 수 있었다. 불안이 찾아온 순간, 울타리를 벗어난 나를 마주하고 느꼈다. 치부를 들킨 듯 자세히 보기 싫었던 내 부족한 모습을 대면했다. 어떻게 살아야 하는지 고민했다. 그동안 얼마나 사소한 것에 붙들려 있었는지, 별것 아닌 일에 전전긍긍하며 지냈는지 깨달았다. 앞날을 향한 비정상적인 집착을 알아차렸다. 이제 무의미한 집착을 걷어 낼 때가 됐다. 나아갈 방향을 스스로 선택할 시간이다.

뒤늦게 알았다. 행복은 내가 쟁취하는 물건, 시간, 장소 따위가 아니라 있는 것에 만족하는 내 마음이라는 걸. 지금 행복한 나를 불안하게 만들면서까지 오지 않는 미래를 생각하지 않기로 했다. 아무리 좋은 미래가 다가온들 지금 느끼는 행복을 방해하게 두고 싶지 않았다. 바로 지금 행복하고 싶었다.

그렇다고 내가 비를 피해 들어간 동굴에서 해골 물을 마신 것같이 큰 진리를 깨우친 건 아니다. 애초에 그리 대단한 깨달음도 아니었다. 돌아온 후에도 별일 없는 시간이면 '쉬어서 뭐 해. 지금 뭐라도 해야 할 거 같은데' 따위의 생각이 들었다. 그럴 때마다 다시 차오른 욕심과 앞날을 향한 걱정을 비워 냈다. 이 과정을 반복했다. 차오르면 비우고 다시 차오르면 한 번 더 비우고. 찝찝한 느낌은 오래가지 않았다. 빈 시간을 생산적인 무언가로 채우지 않기로 했다. 더 비워 내기로 했다. 미래에 대한 집착을 놓고 지금, 여기에 만족하려 한다. 더 이상 나를 몰아세우고 싶지 않다.

일시 정지를 마치고 일상에 복귀한 나는 아직도 여행을 추억한다. 여행할 때가 좋았지, 라며 그때의 기억을 반추하지만 그렇다고 현실을 낮잡지 않는다. 지금 여기를 업신여기고 다른 어딘가를 꿈꾸는 자가 되고 싶지 않다. 여행은 탈출구가 아니라 그 자체로 좋은 것이다.

일상으로 복귀한 지도 어느덧 1년이 지났고, 전임의 생활도 끝났다. 다시 진로 선택의 기로에 섰다. 내 앞에 여러 선택지가 보였다. 여느 훌륭한 사람들처럼 신념에 가득 차 뒤돌아보지 않고 결정을 내리진 못했다. 1년간의 일시 정지 결정은 그리 어렵지 않던데, 현실의 선택은 그렇지 않았다. 고민했다. 그리고 나는 여백이 많은 길을 선택했다. 커다란 부를 가져다주지도, 다른 사람의 존경을 받는 길도 아니지만 내 자신이 만족스러울 거라 생각했다. 있던 적 없는 새 길을 걷기 시작했다.

새로운 일상의 일과 시간은 꽤 바쁘다. 직접 환자를 만나 그들의 얘기를 듣는다. 말기 암과 얼마 남지 않은 여생을 통보하기도, 별것 아니니 안심하라며 반가운 소식을 전하기도 한다. 무거운 책임이 가끔 버거울 때도 있지만 진심으로 사람을 돕고 싶다는 생각을 잊지 않으려 노력한다.

바쁜 근무 기간을 보내고 나면 빈 시간이 찾아온다. 대부분 사람이 일할 때 한가하게 책을 읽기도, 이렇게 글을 쓰기도 한다. 종일 빈둥대다 문득 창문을 열고 구름 속으로 터져 나오는 노을빛을 보고 감탄한다. 세상 누구도 부럽지 않은 순간이다. 해야 할 것들로 이 시간을 채우지 않는다. 애써 이룰 것은 없지만 행복하다.

내가 좋아하는 지금, 여기의 보통 날이다.

"모든 해방은 내가 노예라는 사실을 자각하는 데 기초한다. 최고의 목표는 허위의 욕구를 진실의 욕구로 바꾸는 것이며, 억압적인 만족을 폐기하는 데 있다."

—⟨일차원적 인간⟩, 헤르베르트 마르쿠제

(한마음사, 2009)

멈추기 전 내 삶은 뒤틀려 있었다. 열심히 살았고 내 노력에 보답하듯 원하던 것을 얻었다. 나 스스로 자유롭다며 평가했지만 사회의 질서에 순응한 인간일 뿐이었다. 원했던 것은 진정 내가 자유롭게 선택한 것이 아니었다. 나는 내가 진심으로 어떤 것을 좋아하고 원하는지 모르는 사람이었다. 나를 앞으로 내밀던 분발과 노력의 슬로건, 감내해야 했던 현재의 희생은 당연한 것이 아니었다.

시간이 흐르자 결국 바닥을 보였다. 애초에 차 있는 게 많이 없었기에 빠르게 바닥을 볼 수 있던 것일지도 모르겠다. 이유야 어쨌든 내게는 다행이었다. 뒤틀린 내 상태를 인식할 수 있었다. 나를 일시 정지로 이끈 건 뭔가 잘못됐다는 인지였다. 기분은 좋지 않았고 진통을 겪었지만 지금 생각하면 행운이었다. 내 작은 변화의 출발점이 되었으니.

일상을 떠나 행복을 찾으려던 내 시도는 실패했다. 해답은 문제가 발생한 곳에 있었다. 도망친 곳에 낙원은 없었다. 일시 정지는 답이 일상에 있으니 알아서 잘 찾아보라고 알려줬을 뿐이다. 나에게 숙제를 한아름 안겨 줬다.

이 책은 나의 성장에 관한 지극히 개인적인 이야기다. 오지 않은 앞날을 생각하는 습관을 버리고 욕심을 내려놓는 이야기, 나의 일상을 사랑하겠다는 이야기, 내게 주어진 일을 제대로 하겠다는 이야기다. 다소 고리타분하다. 심지어 앞뒤가 맞지 않는다. 일을 제대로 하겠다며 욕심을 비우고 계획을 줄인다? 모순되는 이야기일 수 있다. 그래서 내 고민은 아직 진행형이다.

계획을 줄이고, 욕심을 비우고, 앞날에 대한 걱정을 비운다고 대충 산다는 건 아니다. 나를 착취하며 살고 싶지 않을 뿐이다. 내게 맡은 일을 잘 해내고 싶고 무엇보다 누군가에게 도움이 되는 사람이 되고 싶다. 나로 인해 세상이 아주 조금이라도 더 나은 곳이 된다면 좋겠다.

눈가리개를 하고 앞으로 달리던 시절보다 훨씬 나은 사람이 되진 못했다. '사는 게 뭐 있겠어, 이렇게만 살면 돼!'라는 식의 멋진 확신은 내게 없다. 가끔 앞날이 두려울 때도 있다. 그 와중에 진정 좋아하는 것을 조금씩 찾아가는 중일 뿐. 이제 내가 원하는 것들로 나의 시간을 채울 차례다.

돈을 벌어 집을 사고, 더 큰 차를 사고, 대출금을 다 갚고 안정을 이룬 후에야 비로소 행복을 찾을 수 있는 건 아니다. 누구나 다 아는 사실을 나는 1년의 여행을 하고 나서야 알게 되었다. 지금까지 만족하지 못하며 지낸 시간이 억울하진 않다. 지금이라도 다행이다. 주어진 것들에 만족하는 연습을 하고 이 낯선 행복에 익숙해지려 한다. 지금, 여기의 행복에.

일시 정지로 내가 바뀌진 않았지만 부족한 나를 마주했기에 의미 있는 시간이었다. 내가 어떤 사람인지 알게 되었다. 목적지를 가르쳐 줄 순 없어도 삶의 중요한 분기점마다 내가 향해야 할 곳을 알려 주는 나침반이었다. 이제는 남들이 우르르 몰려가는 길에 휩쓸리지 않고 다른 길을 선택할 수 있다.

갈림길에서 나는 과감히 선택했다. 높은 지위, 풍족한 재산보다 자유로운 시간의 가치가 더 존중받는 길을. 나 스스로 만족하며 걸을 수 있는 길을. 타인의 인정이 없더라도 실망하지 않을 것이라는 나에 대한 믿음이 있었다. 내가 지금껏 걸어온 길에 대한 반성, 일시 정지의 경험은 나의 방향타가 되었다. 지금은 이걸로 충분하다. 나의 방향을 따라 갈림길마다 크고 작은 결정을 내리며 나는 나아갈 것이다.

이 글은 성공보다 성장을 꿈꾸는 저의 다소 진부한 이야기입니다. 여행기는 아닙니다. 글재주 없는 제가 사진 한 장 없이 서툰 글로만 지면을 채운 이유입니다. 어떻게 살 것인지 치열하게 고민했던 제 생각과 그 과정입니다. 그렇기에 마지막을 '닫는 글', '맺는말'과 같은 단어로 마무리하고 싶지 않았습니다. 애써 머리에 있는 말을 모두 끄집어냈기에 할 말이 더 남은 것도 아닌데 말입니다. 글을 닫고, 맺는다 생각하니 앞으로 성장할 날까지 닫힐 것 같다는 느낌을 받았습니다.

  자신에 대한 제 질문은 끝나지 않았습니다. 아직도 부족한 것투성이입니다. 이대로 끝나선 안 됩니다. 저는 아직 완성

되지 않은 지금이 좋습니다. 제 앞에는 넓게 열린 여러 갈래의 길이 보입니다.

글을 쓰는 동안 꽤 많은 친구와 제 글에 대해 대화했습니다. 물론 어깨 한번 으쓱해 보려 굳이 묻지도 않은 책 얘기를 제가 먼저 꺼냈을 겁니다. 친구들 대부분이 여행기를 쓰느냐고 물었습니다. 물론 아니라고 했죠. 제 모자람을 자각하며 시작한 일시 정지 얘기를 들려 줬습니다. 반응은 다양했지만 가장 많이 들었던 말이 있습니다.

"뻥치지 마라."

"네가 그랬다고? 잘 지내는 거 같았는데?"

누구보다 확신에 찬 사람 같았다는 얘기도 하더라고요. 타인이 바라보는 모습과 자신이 보는 내 모습이 많이 다른가 봅니다. 하지만 다른 사람들에게 그럴듯한 모습으로 보인다고 나 스스로까지 속이진 않았습니다. 분명한 건 그때 저는 잘못되어 있었고, 혼란스러웠으며, 변화가 필요했다는 겁니다. 운이 좋게도 저에게는 기회가 있었습니다. 그리고 기회를 잡았습니다.

그렇다고 의사가 되기 위해 걸어온 12년의 시간을 다 포기하고 떠날 정도로 큰 용기를 가진 사람은 아닙니다. 내게 주어진 것들 안에서 나만의 행복을 찾기 위해 노력했을 뿐입니다. 모든 게 서툴렀던 저의 일시 정지를 과장하고 싶지는 않습니다.

인생이 달라질 만한 큰 변화는 없었습니다. 좋은 경험이었지만 여행을 추억하며 얽매이진 않을 것입니다. "너도 무조건 해 봐!"라고도 말 못 하겠습니다. 하지만 고려해 볼 만한 좋은 선택지인 것은 분명합니다. 일시 정지의 순간만큼은 지금, 여기, 그리고 나 자신에게 집중했습니다. 스스로에 끊임없이 질문을 던졌습니다. 누구나 고개를 끄덕거릴 만한 답을 찾진 못했습니다만 저만의 방향을 얻었습니다.

다시 태어나 같은 기회가 온다면 확신에 차 냉큼 결정하진 못할 것 같습니다. 하지만 사나흘 정도 머리를 싸매고 고민하다 이내 같은 결정을 할 것 같네요. 제가 아는 저라면요. 주로 누군가의 이야기를 들어 주는 것이 제가 할 몫입니다만, 좋은 기회를 얻어 제 이야기를 길게 담을 수 있었습니다. 글을 쓰며 제 경험과 생각이 저만의 것은 아닐 거라는 기대를 하기 시작했습니다. 이것 또한 욕심이겠죠.

저와 같은 경험을 하지 않은 당신. 일상을 잘 지내 오셨군요. 부럽습니다.

저와 비슷한 생각을 했던 당신. 저보다 멋지게, 잘 지내고 계시는 거죠? 기회가 된다면 당신의 얘기도 들려 주세요.

제 서툰 글에 귀한 시간을 내 주신 여러분께 고맙습니다. 그리고 제 옆에 서 있는 모든 분께도 진심으로 감사 인사를 전합니다.

당신에게 일시 정지를
권유합니다

1판 1쇄 인쇄 2020년 10월 30일
1판 1쇄 발행 2020년 11월 5일

지은이 김종관
발행인 이상호
편 집 이연수
발행처 도서출판 혜화동
출판등록 2017년 8월 16일 제2017-000158호
주소 서울특별시 강서구 공항대로 237 (마곡동) 에이스타워마곡 1108호 (07803)
전화 070-8728-7484
팩스 031-624-5386
전자우편 hyehwadong79@naver.com
ISBN 979-11-90049-16-0 03810

* 책값은 뒤표지에 있습니다.
* 잘못된 책은 바꾸어 드립니다.